# महाभारत में
# मातृ-वंदना

# महाभारत में मातृ-वंदना

दिनकर जोशी

*अनुवाद*

त्रिवेदी प्रसाद शुक्ला

ज्ञान गंगा, दिल्ली

प्रकाशक : ज्ञान गंगा, 2/42 अंसारी रोड, दरियागंज, नई दिल्ली–110002
 / संस्करण : 2025 / मूल्य : तीन सौ रुपए
मुद्रक : यश प्रिंटोग्राफिक्स, नोएडा ISBN 978-93-86054-71-5

**MAHABHARAT MEIN MATRI-VANDANA**
*by* Shri Dinkar Joshi ₹ 300.00
Published by **GYAN GANGA**
2/42 Ansari Road, Daryaganj, New Delhi-110002

# दर्शन के पूर्व का क्षण

रामायण की रचना राम के पात्र को केंद्र में रखकर की गई है। राम को छोड़कर शेष सभी पात्र गौण हैं। नायिका के रूप में सीता का नाम लिया जा सकता है, परंतु सीता भी अंततः राम के पात्र में आत्म-विलोपन ही करती हैं। लक्ष्मण या भरत जैसे पात्र कहीं-कहीं स्वतंत्र व्यक्तित्व के रूप में उभरते भी हैं तो तत्काल राम के ही पात्र में विलीन हो जाते हैं। हनुमान और रावण—ये दो ऐसे पात्र कि, जो रामकथा के उत्तरार्ध में अनेक घटनाओं पर प्रभुत्व प्राप्त कर स्वतंत्र पात्र के रूप में अपना स्थान सुरक्षित रख सकते हैं; पर वे भी अंत में राम के पात्र के विकास और घटनाक्रम का एक अंश ही बनकर रह जाते हैं। रामायण के रचयिता महर्षि वाल्मीकि ने रामकथा के आरंभ में ही यह बात स्पष्ट कर दी है। स्वयं ब्रह्मा से उन्होंने राम का परिचय प्राप्त किया है और एक लोकोत्तर पुरुष के जीवन का आलेखन करना ही एकमात्र उपक्रम यहाँ रहा है। स्वयं ब्रह्मा ने ऐसे लोकोत्तर पुरुष के रूप में राम का परिचय देकर उनके जीवन का चित्रण करने के लिए महर्षि वाल्मीकि को सूचित किया था। रामायण रामकथा है, यह बिना किसी संकोच के कहा जा सकता है।

परंतु जैसा रामायण के विषय में कहा जा सकता है वैसा महाभारत के विषय में नहीं कहा जा सकता। महाभारत की कथा ही ऐसी जटिल और घटना-बहुल है कि उसमें से किसी एक प्रमुख पात्र को नायक के रूप में बता पाना अत्यंत कठिन काम है। एक प्रकार से देखें तो महाभारत

के रचयिता कृष्ण द्वैपायन व्यास तटस्थ भाव से मात्र एक सर्जक के रूप में महाभारत की रचना नहीं करते। वे स्वयं भी महाभारत के एक पात्र हैं। वाल्मीकि जिस तटस्थता से रामायण की रचना करते हैं, व्यास उस तटस्थता से महाभारत का आलेखन नहीं करते। व्यास से इस प्रकार की तटस्थता की अपेक्षा भी नहीं की जा सकती, क्योंकि व्यास एक ऐसे पात्र हैं जो महाभारत के आरंभ में ही दिखाई देते हैं और उसके अंतिम पृष्ठों में भी प्रकट होते हैं। इन हजारों पृष्ठों की सैकड़ों घटनाओं के बीच भी व्यास जब-तब एक पात्र के रूप में घटनाओं के साथ सहभागी भी होते हैं, पर इसके बावजूद व्यास को मुख्य पात्र नहीं कहा जा सकता है। व्यास के बाद तत्काल ही हमें कृष्ण का नाम स्मरण में आता है। कृष्ण महाभारत के एक मुख्य पात्र हैं, यह सही है और वे महाभारत की लगभग अधिकांश घटनाओं पर अपने प्रभुत्व का विस्तार करते हैं, यह भी सही है। कृष्ण की अनुपस्थिति में जो भी घटना है वह घटना की बजाय दुर्घटना अधिक है। द्यूत में सर्वस्व हारकर पांडव जब अरण्यवास भोग रहे थे, उस समय सभापर्व में युधिष्ठिर से कृष्ण ने स्वयं कहा है—"यदि मैं वहाँ उपस्थित होता तो यह नहीं हुआ होता।" इसी तरह महाभारत की तमाम घटनाओं के होने अथवा न होने पर भी कृष्ण का व्यक्तित्व व्याप्त दिखाई देता है। तथापि कृष्ण को महाभारत का नायक नहीं कहा जा सकता है। महाभारत में कृष्ण का प्रवेश ही बहुत देर से होता है। द्रौपदी के स्वयंवर के समय कृष्ण पहली बार जब महाभारत के घटनाक्रम में प्रवेश करते हैं तो वे अपने पुत्र प्रद्युम्न के साथ वहाँ आते हैं। समय की गणना करें तो कृष्ण की आयु उस समय लगभग अथवा कम-से-कम चालीस वर्ष की होनी चाहिए, ऐसा मत विद्वानों का है। कृष्ण-चरित्र का चित्रण कोई महाभारत का विषय नहीं है।

उनके अतिरिक्त अन्य पात्र धृतराष्ट्र, युधिष्ठिर, दुर्योधन या कर्ण—ये सभी समय-समय पर दिखाई देते हैं, स्वतंत्र व्यक्तित्व के रूप में विकसित होते हैं, घटनाओं पर अपना प्रतिबिंब छोड़ते हैं और पाठक के

मन पर प्रभाव भी डालते हैं, इसके बावजूद इनमें से कोई भी महाभारत की कथा का नायक नहीं हो सकता। महाभारत की विस्तृत कथा के ये सभी महत्त्वपूर्ण पात्र भर हैं। भीम या अर्जुन जैसे पात्र लक्ष्मण या भरत की भाँति अपने व्यक्तित्व को अपने बड़े भाई के व्यक्तित्व में लुप्त नहीं कर देते, यह सही है और लक्ष्मण या भरत की तुलना में ये दोनों पात्र अधिक विकसित और स्वतंत्र हैं, यह भी सही है; किंतु उन पर भी महाभारत के मुख्य पात्र के रूप में विचार किया जाना संभव नहीं।

महाभारत में सबसे महत्त्वपूर्ण पात्र भीष्म हैं। कथा के रचयिता व्यास को यदि विचार में न लिया जाय तो महाभारत के सैकड़ों पात्रों के बीच भीष्म हिमालय के शिखर की ऊँचाई रखते हैं। कृष्ण की व्याप्ति और उनकी उत्तुंगता को लक्ष्य में न लें तो भीष्म ही महाभारत के सर्वाधिक महत्त्वपूर्ण पात्र हैं। महाभारत कुरुवंश की कथा है और कृष्ण कुरुवंशी नहीं हैं, इसलिए कथा के उद्‌गम और सातत्य को लक्ष्य में रखें तो भीष्म ही सबसे ऊपर रहते हैं। कथा के आरंभ में ही व्यास के बाद वे दिखाई दे जाते हैं—उस समय वे भीष्म नहीं, देवव्रत हैं; पर देवव्रत से भीष्म बनने के बाद महाभारत की तमाम घटनाओं पर कुरुक्षेत्र का युद्ध समाप्त होने और युधिष्ठिर के राज्यारोहण के बाद भी भीष्म ही सर्वोपरि स्थान बरकरार रखते हैं। इस प्रकार महाभारत में भीष्म को नायक न मानें तो भी उन्हें सर्वाधिक महत्त्वपूर्ण पात्र के आसन पर तो रखना ही होगा।

तो फिर महाभारत में नायक के स्थान पर कौन है?

महाभारत की कथा नायक-विहीन दिखाई देती है, मात्र यही इसकी विशेषता नहीं है, महाभारत में एक से बढ़कर एक श्रेष्ठ पात्र हैं। ऊपर जिनका उल्लेख हुआ है उनके उपरांत द्रोणाचार्य, कृपाचार्य जैसे अतिशय महत्त्व के पात्र भी हैं। इन सभी पात्रों की एक अलग विशेषता है। कृष्ण का अपवाद छोड़ दें तो महाभारत के इन तमाम प्रमुख पात्रों का जन्म सामाजिक मूल्यों ने जिस पद्धति को सबसे ऊपर रखा है उस स्त्री-पुरुष के बीच की स्वीकृत विवाह-पद्धति से नहीं हुआ है। इन सभी पात्रों

का जन्म किसी-न-किसी विशेष कथा के साथ हुआ है। अधिसंख्य पात्र या तो चमत्कारक या अवैध संबंधों के परिणाम हैं। महाभारत के सर्जक स्वयं व्यास एक दुर्बल क्षण के ही परिणाम हैं। द्रोणाचार्य अपने पिता भरद्वाज के स्खलित वीर्य के एक पात्र में पड़ जाने के परिणाम हैं। कर्ण, पांडव, कौरव—इन सभी के विषय में कुछ-न-कुछ इसी प्रकार कहा जा सकता है।

एक सरसरी नजर महाभारत के स्त्री पात्रों के ऊपर भी डाल लें। ऐसा करते ही महाभारत कथा का नायक कौन है, यह प्रश्न गौण हो जाता है, ऐसा लगता है। कतिपय आश्चर्यजनक लगे, ऐसा यह विधान है; किंतु थोड़ा अधिक विस्तार से गहरे उतरें तो इन तमाम स्त्री पात्रों की एक अलग ही प्रकार की विशेषता से हम स्तब्ध हो जाते हैं। जैसा कि ऊपर लिखा गया है, महाभारत के सबसे अधिक तेजस्वी और विश्व साहित्य में भी जिनका स्थान विराट् व्यक्तित्व के रूप में रखा जा सके, ऐसे तमाम पात्रों के पिता बहुधा इन पुत्रों के विकास या निर्माण के लिए आगे नहीं आए हैं। अपवाद-स्वरूप एक-दो को छोड़ दें तो पिता पुत्रों को अवैध जन्म देकर अदृश्य हो जाते हैं। इसके बाद की सारी कथा पुत्रजन्म तो ठीक, पुत्र के पालन-पोषण और निर्माण तक की कथा, उसका संघर्ष इन स्त्री पात्रों ने सहा है, फिर भले ही वह सत्यवती हो, कुंती हो, गांधारी हो या एकदम बच्ची जैसी लगती किशोरी उत्तरा हो। सत्यवती के गर्भ से जनमे दो पुत्र कुछ कर सकें, उसके पहले ही मृत्यु को प्राप्त हो जाएँ और उसके बाद दो युवा विधवा पुत्रवधुओं के बीच सत्यवती जो संघर्ष करती है—वंश के विस्तार के लिए—वह अद्भुत कथा है, रोमांचक कल्पना है। इन सभी स्त्री पात्रों ने कठिन संघर्ष करके अपने गर्भ को जन्म दिया—जन्म देने के बाद उनके पालन-पोषण के लिए जो संघर्ष जाने-अनजाने आ पड़ा उसे झेला और अपनी संतानों को महान् पात्रों के रूप में समाज के समक्ष रखा।

इस प्रकार भीम हों या द्रोण, युधिष्ठिर हों या कर्ण, दुर्योधन हो या

अभिमन्यु, भीम और अर्जुन हों या धृतराष्ट्र और विदुर हों—यह सूची खासी लंबी की जा सकती है। इन सबके स्थान पर सच्ची अधिकारिणी यदि कोई हो सकती हैं तो वे उनकी जन्मदात्री माताएँ हैं। इन माताओं ने जो सहा है उसका सही परिप्रेक्ष्य में मूल्यांकन स्वयं व्यास ने भी महाभारत में नहीं किया, ऐसा हम नहीं कहते, पर इन माताओं के स्थान को अलग करके एक विशेष दिशा से उसका दर्शन करने का बहुत कम प्रयास हमने किया है, इसमें कोई शंका नहीं। महाभारत एक इंद्रधनुष है। इसमें यदि कोई निश्चित रंग देखना हो तो खास तरह के काँच से वह विशिष्ट रूप में देखा जा सकता है। असीम आकाश में इंद्रधनुष के सातों रंग एक पट्टी में जरूर देखे जा सकते हैं, किंतु उनमें से एक ही रंग को यदि अलग करके उसके सौंदर्य का आनंद लेना हो तो उसके लिए खास तरह का काँच लेना पड़ेगा।

इस काँच से जब महाभारत के इन स्त्री पात्रों को देखते हैं तो न केवल मुग्ध हो जाना पड़ता है बल्कि स्तब्ध भी हो जाना पड़ता है। स्तब्धता का यह आभास जब पिघलता है तो पहली संवेदना यह प्रकट होती है--अरे! महाभारत की कथा के सही नायक के स्थान पर यदि किसी को स्थापित ही करना हो तो अन्य किसी को नहीं, इन माताओं को—इनके मातृत्व को ही सही स्थान देना चाहिए।

पर महाभारत के नायक पद पर इस मातृत्व का अभिषेक करते हैं तो उसी क्षण अपने सात-सात पुत्रों को जन्म देते ही जल में प्रवाहित कर देनेवाली माता दिखाई देती है, कौमार्यावस्था में मातृत्व प्राप्त करने के बाद पुत्र का त्याग करती माता सत्यवती और माता कुंती दोनों दिखाई देती हैं। पुत्रोत्पत्ति के लिए असमर्थ पति को त्यागकर दूसरों द्वारा गर्भाधान करती माद्री दिखाई देती है या फिर पिता-तुल्य व्यास के साथ संबंध स्थापित करके धृतराष्ट्र या पांडु को जन्म देती अंबिका और अंबालिका दिखाई देती हैं।…

तत्काल कठिन प्रश्न पैदा होता है।

ये···ये···माताएँ महाभारत कथा के नायक पद पर कैसे हो सकती हैं?

हो सकती हैं, अवश्य हो सकती हैं।

अनिवार्य शर्त एक ही है—यह घटना, यह कथा, इसका संकेत और इसकी अर्थच्छाया में उसका रहस्य प्राप्त करने के लिए मन को उस काँच से दिखाई देते दृश्य को पाने के लिए तैयार करना पड़ेगा, मन को स्वच्छ करना पड़ेगा। तिस पर महाभारत कोई धर्मवाचन का ग्रंथ नहीं है। मानव वंश का यह समग्र जीवन है और समग्र जीवन को उसके संपूर्ण रूप में देखना हो तो सबकुछ श्रेष्ठ-श्रेष्ठ की ही अपेक्षा नहीं रखी जा सकती है। अपेक्षा इतनी ही रखी जा सकती है—जीवन सांगोपांग प्रतिबिंबित होना चाहिए।

यह लेखमाला, ऐसा जीवन महाभारत की इन माताओं में प्रकट हुआ है कि नहीं, यह देखने का आयास है। यह आयास रोमांचक और रमणीय है तथा इसीलिए इसकी पूर्व शर्त स्वच्छ चित्त और समझने के लिए प्रयास है। इस पूर्व शर्त के साथ आगे के पृष्ठों में हम महाभारत की माताओं के दर्शन करेंगे।

**—दिनकर जोशी**

# अनुक्रम

# सत्यवती-१

महाभारत के स्त्री पात्रों पर विचार करें तो सर्वप्रथम माता सत्यवती का खयाल आता है। सत्यवती महाभारत में कुरुवंश की जिन पीढ़ियों की बात है, उन सभी कुरुवंशियों की मात्र दादी ही नहीं, परदादी भी है। महाभारत के तमाम स्त्री पात्रों में सत्यवती सबसे वरिष्ठ है। कुरुकुल में प्रवेश के पहले उसका मूल नाम मत्स्यगंधा है। उसकी देह से मछली जैसी गंध फैलती थी, इसीलिए वह मत्स्यगंधा कहलाई। यह गंध इतनी तीव्र थी कि पूरे एक योजन दूर से यह फैलती थी। एक योजन लगभग आठ मील या ग्यारह किलोमीटर के बराबर होता है। इतनी दूरी से उसके शरीर से जो गंध आती थी, उसके कारण उसका एक नाम 'योजनगंधा' भी है। उसका जन्म मछली के पेट से हुआ था। उसके जन्म की कथा कुछ इस प्रकार है—पूर्वजन्म में वह पितृलोक की कन्या थी, पर किसी शाप के कारण उसे पृथ्वी पर मछली के गर्भ में वास करना पड़ा। नियति और जो कुछ निश्चित है वह भविष्य कभी टाला नहीं जा सकता, यह महाभारत का बहुत बड़ा संदेश है। इस शाप के कारण जिस भावी का निर्माण हो चुका था उसका निवारण नहीं किया जा सकता। अच्छोदा नाम की इस कन्या का मछली के गर्भ में वास करना और जन्म लेना, यह तो निश्चित हुआ था; पर इस तरह उसे मछली ही बनी रहना है, ऐसा कोई संकेत शाप का नहीं था। इसलिए बाद में शाप भी परिपूर्ण हो और

पितृलोक की यह कन्या मछली के रूप में जीवन न बिताए बल्कि मनुष्य के रूप में बिताए, ऐसा बीच का मार्ग ढूँढ़ लिया गया।

ऐसा हो कैसे? मछली के गर्भ में मानव-देह की रचना करनी हो तो मनुष्य का—पुरुष का—वीर्य अनिवार्य होता है। महाभारतकार ने (और कल्पना की भव्यता तो देखिए। यह महाभारतकार और कोई नहीं बल्कि इस मत्स्यगंधा के ही पेट से अभी जिन्हें जन्म लेना शेष है वे स्वयं व्यास, सत्यवती के पुत्र हैं। महाभारतकार यहाँ एक तरह से अपने जन्म के पूर्व की कथा का ही आलेखन करते हैं।) इसके लिए उपरिचर नामक एक वसु का आयोजन किया गया है। यह वसु कोई मनुष्य नहीं। मनुष्य के ऊपर की जो देव-योनि है उसमें तैंतीस विभाग हैं। गंधर्व, यक्ष ये वर्ग भी मनुष्य के ऊपर की कोटि के प्रकार हैं। यह उपरिचर वसु एक बार जब किसी तीर्थ-स्थान पर नदी के किनारे स्नान कर रहा था तो उसे अपनी पत्नी का स्मरण हुआ। उसकी पत्नी अपने महल में—शयनकक्ष में थी और उसी समय उसने भी अपने पति की इच्छा की। इस इच्छा के लिए कुछ निश्चित दिन महाभारतकार ने धर्म्य माना है। इस धर्म्य समय में यदि स्त्री पुरुष के समागम के लिए इच्छा करे तो उसे परितृप्त करना उस पुरुष—यहाँ उसके पति—का भी धर्म बन जाता है। उपरिचर वसु पत्नी की चाह में मीलों दूर के अंतर पर भी क्षोभित हो गया। चाह—फिर वह कोई भी चाह हो—एक संकल्प-बल है और संकल्प-बल कोई भी करने में समर्थ है, ऐसा भी संकेत यहाँ पढ़ा जा सकता है। शर्त इतनी ही है कि यह संकल्प-बल धर्म-प्रेरित होना चाहिए।

पत्नी की चाह में उपरिचर वसु का वीर्य स्खलित हुआ। यह स्खलित वीर्य जल में रहती मछली ने धारण किया और इस तरह एक मानव-कन्या ने मछली की देह में जन्म लिया। दाशराज नाम का मच्छीमारों का एक प्रमुख अपने अनुरूप व्यवसाय कर रहा था। उस समय एक मछली उसके हाथ में पकड़ा गई। उस मछली का पेट चीरने पर उसमें से जो बालिका निकली वही यह मत्स्यगंधा थी और वही आगे चलकर

कुरुकुल की परदादी सत्यवती बनी। दाशराज ने उस कन्या का पुत्रीवत् पालन किया। वह कन्या सोलह वर्ष की हुई। पिता दाशराज अपना व्यवसाय कर रहे होते तो यह कन्या यमुना के किनारे रहते ऋषियों और दूसरों को इस पार से उस पार ले जाने के लिए नाव चलाती थी।

कथा कहती है कि समय जाते एक बार ऐसा हुआ कि महामुनि पराशर यमुना-तट पर आए। उन्हें इस किनारे से उस किनारे पर जाना था। मत्स्यगंधा की नाव तो इसी काम के लिए उपलब्ध थी। पराशर प्रचंड ऋषि थे! वसिष्ठ ऋषि के ये पौत्र थे और एक बार पृथ्वी पर राक्षसों का समूल नाश करने के लिए उन्होंने राक्षस-सत्र भी शुरू किया था। पराशर के पिता को राक्षसों ने मार डाला था, इसलिए उसका प्रतिशोध लेने के लिए उन्होंने पृथ्वी पर से समस्त राक्षसों का नाश करने के लिए यज्ञ आरंभ किया था। यह विनाश व वैर-भावना ऋषि को शोभा नहीं देती, यह समझकर दादा वसिष्ठ ने इस यज्ञ को बंद करवा दिया। ऐसे समर्थ ऋषि पराशर उस दिन मत्स्यगंधा की नाव के यात्री बने। मध्याह्न आहुति की धूम-रेखाएँ आकाश में वलय रच रही थीं और किनारे के गाँव बस्ती से भरे-भरे थे।

अब यहाँ मानव जीवन की एक अतिशय गूढ़ किंतु उतनी ही भव्य एक बात प्रकट होती है। महाभारत की यही तो विशेषता है। किसी छोटी, सामान्य या हीन लगती घटना के पीछे भी परम संकेत प्रकट होता है। ऐसी ही हीन लगती एक घटना मत्स्यगंधा जब पराशर को यमुना के इस पार से उस पार ले जा रही थी उस समय गिनती के कुछ क्षणों में घट गई। नदी के इस किनारे से उस किनारे तक जाने में नाव को कितना समय लगेगा? आज भी गणना करें तो ज्यादा-से-ज्यादा पंद्रह-बीस मिनट लगेंगे। इस पंद्रह-बीस मिनट के अंतराल में ही एक तरह से देखें तो महाभारत रच उठा है।

मत्स्यगंधा की देह में से मछली जैसी गंध आती थी और वह कोई सुगंध तो नहीं ही थी, पर इसके बावजूद उस समय मत्स्यगंधा

सोलह वर्ष की थी। इस सोलह वर्षीया कन्या की आयु का कवियों ने बहुत बखान किया है। इस आयु में कन्या अपने आयुकाल के सर्वोत्तम रूप में होती है। एक ओर पराशर जैसे अति समर्थ ऋषि थे, समय भी कोई रात्रि का नहीं था—मध्याह्न का था और एकांत भी नहीं था—यमुना के दोनों किनारों पर भरपूर भीड़ थी। दोनों किनारों से लोग इस नाव की आवाजाही को देख रहे थे और स्थल भी नाव जैसा एकदम रुक्ष था और समयावधि भी दस-पंद्रह पलों की थी! इसके बावजूद उस स्थल पर पराशर ऋषि उस कन्या की देह में से निखरते यौवन से विचलित हो गए। काम अपराजित है, काम सर्वव्यापी है, काम को प्रसरित हो जाने के लिए एक क्षणार्ध भी पर्याप्त है। काम निंद्य नहीं, क्योंकि पराशर जैसे समर्थ ऋषि भी इससे मुक्त नहीं हो सकते। यदि पराशर को भी काम इस तरह क्षणार्ध में शिकंजे में ले सकता है और वह भी मत्स्यगंधा जैसी एकदम सामान्य, गंधाती कन्या के यौवन के सामने, तो इसमें सामान्य व्यक्ति की क्या दशा होगी?

पराशर ने नदी के मध्य में ही मत्स्यगंधा से काम-तृप्ति की माँग की। ऋषि स्थल-काल का संदर्भ भूल गए। काम का यह प्रचंड पार्श्व-प्रभाव है। तमाम ज्ञान और सामान्य समझ को भी काम भुलवा देता है। और यह कन्या भी ऋषि की माँग की अवहेलना नहीं करती—एक नासमझ, अबोध कन्या जब पहली बार ऐसी परिस्थिति में पड़ जाती है तो उसका लक्ष्य तो माँग करनेवाले पुरुष की ऊँचाई पर ही केंद्रित हो जाता है। पराशर जैसे महामुनि उसकी जैसी सामान्य से भी नीची कक्षा की कन्या के समक्ष इस तरह बौना हो जाए, मत्स्यगंधा अवश्य प्रसन्न हो गई होगी। उसने इस माँग को स्वीकार किया है, पर उसकी आपत्ति मात्र इतनी ही है—"महर्षि, दोनों किनारों से लोग हमें देख रहे हैं और यह दिन का समय है।" इस प्रकार उसका संकोच कोई देख रहा है, मात्र इतना ही है। स्त्री और पुरुष के बीच के संबंधों में यदि माधुर्य और प्रसन्नता न हो तो जो गर्भाधान होता है—जो बालक उत्पन्न होता है वह

उच्च कोटि का हो ही नहीं सकता है। यहाँ तो अति मेधावी, प्रचंड शक्तिशाली और ज्ञान के सागर समान कृष्ण द्वैपायन व्यास के जन्म की तैयारी हो रही है। ऐसे समर्थ गर्भ को धारण करने का क्षण प्रसन्न और मधुर न हो तो यह जन्म असंभव है। ऐसे माधुर्य, ऐसी प्रसन्नता के लिए किसी कश्मीर या कुल्लू-मनाली के सौंदर्य या एकांत की जरूरत नहीं—जरूरत है मात्र एक क्षण भर के परम, एक ही ऊँचाई पर प्रकट होती तरंगों—वेवलेंथ—की। ये तरंगें वहाँ प्रकट हो चुकी थीं।

किंतु पराशर तो अति समर्थ हैं। क्षण प्रकट हो चुका था। अब उसका निवारण नहीं किया जा सकता था। उन्होंने तत्काल कहा, ''हे कन्या! तू संकोच मत कर। अपने तपोबल से मैं नदी के इस विस्तार पर प्रगाढ़ धुम्मस रच देता हूँ। सूर्य के आगे बादल रच देता हूँ। इस तरह प्रकाश का विलोपन हो जाएगा। किनारे पर के लोग कुछ देख नहीं सकेंगे।'' और सचमुच ऐसा ही हुआ। एक क्षण मात्र में नाव के आस-पास घना कुहरा रच उठा—मध्याह्न में अंधकार हो गया।

कैसी अद्‌भुत है यह बात! महाभारतकार ने कैसा दिव्य संकेत इस घटना द्वारा दिया है। जो महामना, तपस्वी ऋषि काल को भी जीत सकता है, वह काम को नहीं जीत सकता। दिन को रात में बदल डालने जैसा प्रचंड सामर्थ्य जिसमें है, ऐसा व्यक्ति भी काम के समक्ष कैसा लाचार हो जाता है, इसका ही यह संदेश है। काल अपराजित है, इसका कोई परिणाम नहीं होता और इसीलिए इसके सहज स्वीकार के साथ पीढ़ी-मर्यादा भी नहीं भूलनी चाहिए।

कौन सी मर्यादा?

वह क्षण तो पूरा हो गया। नाव नदी के दूसरे किनारे पर आ गई, परंतु बाद में सुध-बुध वापस आ जाने के बाद वह कन्या कहती है, ''महर्षि! अब मैं पिता के घर कैसे जाऊँ? कुमारिका के लिए ही पिता का घर आश्रय-स्थल होता है। मेरे कौमार्य को तो आपने भंग कर दिया है।'' प्रत्युत्तर में पराशर कहते हैं, ''तुम्हारी बात सही है। जो भी घटना

घटी उसका उत्तरदायित्व मेरा ही है। तुम तो नासमझ कन्या हो। तुम्हारा कौमार्य भंग करने का मुझे अधिकार नहीं। यह कौमार्य मैं तुम्हारे शरीर में पुनः स्थापित करता हूँ।'' यह कहकर पराशर ने जिस तपोबल से सूर्य के आगे आवरण रचा था, उसी तपोबल से मत्स्यगंधा का कौमार्य पुनः सजीव किया। इतना ही नहीं, उसकी देह में जो एक योजन दूर तक फैलती दुर्गंध थी उसके बदले उसी अंतर से अर्थात् एक योजन तक फैले, ऐसी सुगंध भर दी। मत्स्यगंधा पुनः कुँवारी कन्या तो बनी ही, उसके साथ ही योजनगंधा भी बन गई।

और इस तरह सत्यवती महाभारत की सर्वप्रथम माता बनी। उसने पुत्र को जन्म दिया। यह जन्मकर्म नदी के एक एकांत द्वीप में हुआ और जो पुत्र जनमा उसका वर्ण श्याम था, फलस्वरूप वह बालक 'कृष्ण द्वैपायन' कहा गया। यह कृष्ण द्वैपायन पराशर की संतान। सत्यवती तो पुनः कुँवारी कन्या बन गई। इस बालक को महर्षि पराशर ने अपने नाम से ही जोड़ लिया। और वह पाराशर्य कहलाया। कुँवारी स्त्री के माता बनने से जो लज्जाजनक बात बनती है, उससे तो सत्यवती को पराशर ने उबार ही लिया था।

पराशर ने जो किया वह निंद्य कहा जाएगा कि नहीं, यह चर्चा ही निरर्थक है। यह भवितव्य है, कालक्रम है, अपरिहार्य है, जीवन का एक पल है। इस पल में जिसने निर्बलता दिखाई उसे यह क्षण बीत जाने के बाद पुनः स्वयं को सँभालना भी आना चाहिए। पराशर ने समग्र घटना की जवाबदारी स्वयं अपने सिर पर ले ली। मत्स्यगंधा को मातृत्व तो प्राप्त हुआ, पर कौमार्य भी अखंड वापस मिला। कुँवारी माता इतिहास में कोई नई बात नहीं, पर मातृत्व प्रदान करने के बाद भी कौमार्य के पुनःस्थापन की बात महाभारतकार की प्रचंड कल्पना-शक्ति का प्रमाण है।

और ये कृष्ण द्वैपायन व्यास नवजात शिशु के रूप में नहीं पैदा हुए। वे उसी समय कुमार अवस्था में जनमे थे। महाभारत की प्रथम माता

सत्यवती अपने प्रथम पुत्र को वक्ष से लगाकर दुलार नहीं सकी। वह तो वापस पहले की तरह रहने अपने पिता दाशराज के घर चली गई थी। उस बालक का मातृत्व और पितृत्व दोनों पिता पराशर ने ही पूर्ण किया। यह बालक आगे चलकर 'व्यास' के नाम से जाना गया। व्यास का अर्थ है—एक ऐसा व्यक्ति जो वेद का विस्तार करे। हमारे शास्त्रों ने ऐसे उनतीस व्यासों की बात कही है। कृष्ण द्वैपायन अट्‌ठाईसवें व्यास हैं। आचार्य द्रोण के पुत्र अश्वत्थामा जब अपने शाप से मुक्त होगा और नया जन्म धारण करेगा तब वह उनतीसवाँ व्यास बनेगा, ऐसा उल्लेख 'देवी भागवत' में है।

महाभारत की पहली संतान व्यास ने माता का स्नेह नहीं पाया। किसी भी बालक के जन्म में उस बालक का अपना कोई भाग और अपनी कोई इच्छा नहीं होती, पर जन्म लेते ही माता के वक्ष से लिपटकर स्तनपान करना उसका जन्मसिद्ध अधिकार होता है और एक तरह से देखें तो उसे स्तनपान कराना माता का भी परम पवित्र कर्तव्य होता है। सत्यवती का यह दुर्भाग्य कहिए कि अपनी पहली संतान को वह छाती से चिपटा नहीं सकी और व्यास भी माता के स्तनपान का अधिकार नहीं भोग सके। वे जनमे, तभी से कुमार अवस्था में थे, ऐसा महाभारत हमें बताता है। इस तरह माता-पुत्र दोनों महाभारत की त्रासदी का आरंभ में ही संकेत दे देते हैं। माता सत्यवती के जीवन में भी इसके बाद जो घटनाएँ घटने वाली हैं, उनका भी संकेत मानो प्राप्त हो जाता है। पराशर जैसे प्रकांड ऋषि को भी जो विचलित कर सके उस कन्या को भाग्यशाली कहना चाहिए या भाग्यहीन, इसका निर्णय करना अंत तक कठिन रहा है।

सत्यवती के जीवन में प्रवेश करनेवाला दूसरा पुरुष हस्तिनापुर-नरेश शांतनु था। पराशर ऋषि के साथ संबंध स्थापित होने के कितने वर्षों के बाद शांतनु ने सत्यवती के जीवन में प्रवेश किया, इसकी सही गणना नहीं की जा सकती, पर व्यास के जन्म के समय सत्यवती सोलह वर्ष की

थी और शांतनु ने जब उसे पहली बार देखा उस समय वह युवा और सुंदर थी, यह घटनाक्रम के संदर्भ में निश्चित है। इसका अर्थ यह हुआ कि शांतनु जब सत्यवती के परिचय में आया उस समय सत्यवती की आयु बीस वर्ष के आस-पास ही रही होगी। इससे अधिक उम्र की कन्या अविवाहित रही हो, ऐसा भी संभव नहीं। व्यास के जन्म के चार-पाँच वर्ष बाद की यह घटना होनी चाहिए। जिस तरह पराशर ने सत्यवती को यमुना-तट पर नाव चलाते देखा था उसी तरह शांतनु ने भी उस युवा कन्या को यमुना-तट पर ही उसी पुराने व्यवसाय में मग्न देखा था। पराशर के समक्ष तो युवा मत्स्य कन्या की देह मात्र थी—यह देह मछली की गंध से भरी थी। अब शांतनु जिस कन्या को देखता है, वह युवा तो है ही, रूपवान् भी है; किंतु सबसे बढ़कर उसकी देह से निकलती सुगंध का आकर्षण है। पराशर की कृपा से अब वह मत्स्यगंधा नहीं, योजनसुगंधा बन गई है। उसकी देह से प्रसरित होती इस गंध ने ही राजा को अपनी ओर आकर्षित किया है। इस आकर्षण के परिणाम-स्वरूप राजा सत्यवती के पिता निषादराज दाशराज के समक्ष सत्यवती के साथ अपने विवाह का प्रस्ताव रखता है।

यह प्रस्ताव रखते समय राजा शांतनु की आयु कितनी थी, यह भी एक रसप्रद मुद्‌दा है। शांतनु इसके पहले ही गंगा के साथ वैवाहिक जीवन का आनंद भोग चुका था। गंगा के साथ के दांपत्य जीवन से वह आठ पुत्रों का पिता भी बन चुका था। इन आठों पुत्रों में से पहले सात की तो मृत्यु हो चुकी है, पर सबसे छोटा और आठवाँ पुत्र देवव्रत युवराज पद पर स्थापित हो सके, इतनी युवा आयु प्राप्त कर चुका था। शांतनु ने गंगा के साथ जब वैवाहिक जीवन का आरंभ किया उस समय वह पच्चीस एक वर्ष का युवक था, ऐसा मान लें; क्योंकि उसके पिता प्रतीप उसे राज्य सौंपकर आश्रम धर्म के अनुसार उस समय वानप्रस्थ स्वीकार कर चुका था। इन सभी वर्षों की गणना करें तो सत्यवती के साथ विवाह की इच्छा प्रकट करनेवाले राजा शांतनु की आयु उस समय साठ वर्ष के

आस-पास रही हो, ऐसा संभव है। इस तरह सत्यवती उस समय बीस वर्ष की हो और शांतनु वानप्रस्थीय आयु के समीप पहुँचा हो, ऐसी परिस्थिति थी।

इसके बाद का कथानक सर्वविदित है। दाशराज ने विवाह के पूर्व जो शर्त रखी उसको पूरा करना शांतनु के लिए संभव नहीं था। युवराज पद पर रह चुके और इस तरह हस्तिनापुर के भावी नरेश के रूप में स्थापित हो चुके देवव्रत की जगह सत्यवती के भावी पुत्र को हस्तिनापुर का राज्य देना, यह बात शांतनु स्वीकार करें, यह संभव नहीं था। साठ वर्ष की आयु में भी विवाह करने के लिए व्याकुल यह राजा धर्म की मर्यादा का लोप नहीं करता और न ही वह दाशराज पर अपनी सत्ता थोपकर सत्यवती को जोर-जबरदस्ती से अपनी पत्नी बनाता है और न ही कुमार देवव्रत को उसके अधिकार से वंचित करता है। सत्यवती के साथ उसका विवाह तभी संभव होता है जब स्वयं कुमार देवव्रत सत्यवती के पिता दाशराज के समक्ष भीष्म प्रतिज्ञा करते हैं। स्वयं आजीवन ब्रह्मचर्य का पालन करेंगे—यह वचन देकर युवा देवव्रत ने वृद्ध पिता शांतनु की यौन जीवन की भूख को संतुष्ट किया।

और इस तरह माता सत्यवती जब हस्तिनापुर के राजमहल में नवोढ़ा राजरानी के रूप में प्रविष्ट हुई तो उसी समय अपने ही समवयस्क या संभवतः अपने से अधिक आयु के देवव्रत नामक एक कुमार की माता भी बन चुकी थी। शांतनु की पत्नी के रूप में अब वह भीष्म की माता थी। इसके पहले जिस पुत्र को वह जन्म दे चुकी थी उसे वह मातृत्व नहीं दे सकी थी और अब जो पुत्र उसे मिला था उसे उसने जन्म नहीं दिया था। इतना ही नहीं, शिशु पुत्र को अंक में बैठाकर दुलार करने जैसी आयु का वह रह भी नहीं गया था। इस प्रकार दो-दो पुत्रों—और ये पुत्र भी साधारण नहीं, असाधारण व्यक्तित्व के—की माता अपने पुत्रों पर स्नेह बरसाने से वंचित ही रह गई।

□

# सत्यवती-२

राजा शांतनु के साथ सत्यवती का वैवाहिक जीवन कितने वर्ष निभा, उसकी निश्चित गणना की जा सके, ऐसे प्रमाण महाभारत में नहीं मिलते। पर उनका दांपत्य बहुत लंबे समय तक नहीं निभा होगा, ऐसा विश्वासपूर्वक कहा जा सकता है। शांतनु के साथ संबंध से सत्यवती दो पुत्रों की माता बनी और ये दोनों पुत्र किशोर अवस्था में आएँ, इसके पहले ही शांतनु का स्वर्गवास हो गया। इन दोनों पुत्रों—चित्रांगद और विचित्रवीर्य—के शिक्षण आदि का कार्यभार बड़े भाई भीष्म ने ही सँभाला था, ऐसा उल्लेख महाभारत में है। इसका अर्थ यह हुआ कि पिता उसके पहले ही स्वर्गवासी हो चुके थे। इस प्रकार शांतनु के साथ सत्यवती का वैवाहिक जीवन मध्याह्न में सूर्यास्त जैसा ही था, ऐसा कहा जा सकता है। सत्यवती को जब वैधव्य मिला उस समय उसकी आयु पैंतीस से चालीस के बीच रही हो, ऐसा संभव है।

चित्रांगद युवराज था, इसलिए युवराज के रूप में उसे भीष्म ने सिंहासन पर स्थापित किया। पर चित्रांगद ने राज्य का धुरा सँभालते ही एक गंधर्व के साथ युद्ध करते हुए वीरगति प्राप्त की। उस समय वह अविवाहित ही था। कुरुवंश का आधार अब एकमात्र शेष बचे विचित्रवीर्य पर टिका था। माता सत्यवती ने विचित्रवीर्य को रिक्त पड़े सिंहासन पर बैठाया। अब सत्यवती मात्र माता नहीं, राजमाता भी है। उसे मात्र पुत्र का

ही विचार नहीं करना है—समग्र राज्य का विचार करना है। इस काम में ज्येष्ठ पुत्र भीष्म सदैव माता की सहायता में तत्पर हैं। सत्यवती के सिर पर बहुत बड़ी जिम्मेदारी आ पड़ी है।

अब विचित्रवीर्य के विवाह का प्रश्न खड़ा होता है। इसके लिए भीष्म ने काशीराज द्वारा अपनी पुत्रियों अंबा, अंबालिका और अंबिका के लिए आयोजित स्वयंवर में जाने का निश्चय किया। स्वयंवर की निश्चित प्रथा के अनुसार तो इन तीनों राजकन्याओं को अपने इच्छित पति का चयन करना था और सभा में उपस्थित भीष्म को देखकर उन्होंने अरुचि से मुँह फेर लिया, ऐसा भी उल्लेख है। भीष्म स्वयं को पसंद किया जाए, इस उद्‌देश्य से तो स्वयंवर में गए नहीं थे। उन्होंने बलपूर्वक इन तीनों राजकुमारियों को अपने रथ में बैठा लिया। इतना ही नहीं, उनके इस कृत्य से क्रोधित हुए उपस्थित राजाओं के साथ उन्होंने युद्ध किया, सभी को पराजित किया और राजकन्याओं को हस्तिनापुर ले आए। तत्कालीन आर्यावर्त की पारंपरिक राजवी विवाह प्रथा के अनुसार स्वयंवर से अन्य तमाम राजाओं को पराजित करके कन्या का हरण करना अधर्म नहीं माना जाता था। किंतु इसी प्रथा की धर्म-परंपरा के अनुसार तो स्वयं भीष्म को ही इन अपहृत कन्याओं के साथ विवाह करना चाहिए अथवा खुद विचित्रवीर्य को काशिराज द्वारा इस स्वयंवर में जाकर कन्याओं का हरण करना चाहिए; किंतु इन दोनों में से कुछ भी नहीं हुआ। भीष्म तो आजीवन ब्रह्मचर्य की प्रतिज्ञा से बँधे हुए थे और विचित्रवीर्य अकेले इन कन्याओं का हरण कर सके, ऐसा उसका सामर्थ्य नहीं था। फलस्वरूप भीष्म द्वारा अपहृत इन तीनों में से दो—अंबिका और अंबालिका—कन्याओं का विवाह छोटे भाई विचित्रवीर्य के साथ हुआ। बड़ी बहन अंबा इसके पहले ही मन-ही-मन अन्य का वरण कर चुकी थी, इसलिए विचित्रवीर्य के साथ उसका विवाह अधर्म्य कहा जाएगा, यह सोचकर भीष्म ने उसे मुक्त कर दिया। हर बात में जब-तब धर्म का ही आश्रय लेने की महाभारत के तमाम पात्रों की विशेषता ध्यान खींचनेवाली है।

यहाँ महाभारत की एक अतिशय रसप्रद करुणांतिका आकार लेती है। विचित्रवीर्य की इस कथा पर न तो महाभारत ने अधिक जोर दिया है और न ही महाभारत के विषय में बात करनेवाले किसी व्यक्ति ने इस घटना को प्रधानता दी है। विवाह के समय विचित्रवीर्य तरुण वय में हैं—प्रगल्भ यौवन को आने में अभी देर है, किंतु अनियंत्रित यौवन का आरंभ हो चुका है। भरपूर सत्ता है—पारावार समृद्धि है—राज्य का धुरा वैधानिक रूप से तो वह स्वयं सँभालता है, पर यथार्थ में तमाम चिंता बड़े भाई भीष्म वहन कर रहे हैं। माता सत्यवती के लिए तो यह एकमात्र पुत्र ही सर्वस्व हो, यह सहज ही है। इस स्थिति में अंबिका और अंबालिका जैसी सुंदर, युवा और हर प्रकार से अनुरूप दो कन्याओं का स्वामित्व उसे प्राप्त हुआ। यह स्वामित्व उसे उसकी स्वयं की क्षमता से नहीं प्राप्त हुआ था। हस्तिनापुर-नरेश के रूप में भी उसने अभी तक पूरी क्षमता नहीं प्राप्त की थी। वह राजा बनने की किसी प्रक्रिया से होकर नहीं गुजरा था। बड़े भाई चित्रांगद की अकाल मृत्यु के कारण उसके मस्तक पर अचानक ही राजमुकुट आ पड़ा था। इस तरह उसे जो कुछ मिला था उसमें उसकी क्षमता नहीं वरन् उसके प्रारब्ध ने ही महत्त्वपूर्ण भूमिका निभाई थी।

विशेष किसी भी उत्तरदायित्व का अभाव, भरपूर लाड़-प्यार और अनियंत्रित यौवन—इन सभी के कारण विचित्रवीर्य ने इन दोनों कन्याओं के साथ वैवाहिक जीवन का आरंभ किया। वैवाहिक जीवन भी उतना ही अनियंत्रित रहा। आनंद, प्रमोद, सत्ता—यह सब एक निश्चित नियम के अंतर्गत भोगे जाएँ तो उसमें से सौंदर्य के अतिरिक्त कल्याण भी प्रकट होगा; किंतु यदि उस नियंत्रण रेखा का उल्लंघन होता है तो उसका परिणाम बुरा होता है, इसका सबसे स्पष्ट उदाहरण विचित्रवीर्य का वैवाहिक जीवन है। इन दोनों कन्याओं के साथ उसका भोग अनियंत्रित था, ऐसा महाभारत में स्पष्ट उल्लेख है। भीष्म जैसे प्रचंड पुरुष के समक्ष यह हुआ। इतना ही नहीं, माता सत्यवती तो इस भोग-विलास के परिणामों

और दुष्परिणामों दोनों से अवगत थीं; किंतु पुत्र के अनियंत्रित भोग को वे रोक नहीं सकीं, यह करुणांतिका ध्यान देने योग्य है।

इसका परिणाम यह हुआ कि विचित्रवीर्य को क्षय रोग ने घेर लिया। यह क्षय रोग और कुछ नहीं, केवल भोगों के अतिरेक से जर्जर होता स्वास्थ्य ही है। विचित्रवीर्य का स्वास्थ्य लगातार खराब होता गया और इन दोनों स्त्रियों से उसे एक भी संतान प्राप्त हो, उसके पहले ही उसकी मृत्यु हो गई। हस्तिनापुर का सिंहासन एक बार फिर खाली हो गया।

माता सत्यवती के सामने अब कठिन समस्या खड़ी हो गई। चार-चार पुत्रों की माता फिर एक बार पुत्रहीन हो गई। राजमहल में अब विधवा सास की नजरों के सामने दो युवा विधवा बहुएँ हैं। तीन-तीन विधवाओं के बीच राजसिंहासन खाली है। कुरुवंश का तो मानो अंत आ गया। समग्र आर्यावर्त जिसके नाम मात्र से काँपता था, ऐसे भीष्म जैसे प्रचंड पुत्र की उपस्थिति होते हुए भी विधि ने कुरुवंश और हस्तिनापुर को शून्य में धकेल दिया था। इस शून्यता को भरने का उत्तरदायित्व सत्यवती को निभाना था। माता के रूप में सत्यवती का अंतर मथ उठे, ऐसा क्षण उपस्थित हो चुका था। कुरुवंश को जीवंत रखने का एक ही विकल्प था—कुमार भीष्म अपनी प्रतिज्ञा से पीछे हटकर विवाह कर लें और हस्तिनापुर का सिंहासन सँभाल लें। माता सत्यवती ने इसके लिए पुत्र के समक्ष प्रस्ताव भी रखा, ''पुत्र, तुमने जो प्रतिज्ञा ली थी, वह तो मेरे लिए ली थी। मैं तुम्हें उसके बंधन से मुक्त करती हूँ। तुम कुरुवंश को अस्खलित रखो, पुत्र।''

परंतु भीष्म अपनी प्रतिज्ञा से विचलित नहीं हुए। प्राणांत हो जाए, फिर भी विवाह नहीं करेंगे, ऐसा उन्होंने स्पष्ट रूप से कह दिया। यहाँ धर्म का सूक्ष्मातिसूक्ष्म स्वरूप प्रकट होता है।

पुत्र-प्राप्ति सहज धर्म है। अपुत्र अवस्था अधर्म्य है; क्योंकि पुत्र द्वारा पितृवंश को अखंड रखना पुत्रधर्म माना गया है। इस पुत्रधर्म का

पालन हो, उसके पूर्व ही यदि मृत्यु हो जाय तो पति के वंश को अस्खलित रखने की जवाबदारी विधवा पत्नी के सिर पर आती है। पति जिस धर्म का पालन नहीं कर सका, उस धर्म का पालन करके पत्नी को स्वयं पतिधर्म का पालन करना चाहिए, यह विधवा पत्नी का कर्तव्य है। किंतु इसके लिए विधवा को किसी निश्चित संबंध-मर्यादा अथवा लक्षणोंवाले पुरुष की सहायता लेनी चाहिए और वह भी मात्र पुत्र की प्राप्ति के लिए ही, अन्यथा नहीं। माता सत्यवती तो पुत्र भीष्म को अब दूसरी तरह से समझाती हैं, ''पुत्र! तुम विवाह नहीं करो और राज्य का धुरा नहीं सँभालो तो कोई बात नहीं। तुम्हारी प्रतिज्ञा-पालन की बात मैं स्वीकार कर लेती हूँ। किंतु कुरुवंश के सातत्य का क्या हो? यह वंश अस्खलित रहे, यह देखना भी तो तुम्हारा धर्म है। विधवा स्त्री अपने मृत पति के ही भाई द्वारा पुत्र प्राप्त करे, इस नियोग पद्धति को धर्म ने ही मान्य किया है। तुम इस मान्य धर्म को स्वीकार करके विचित्रवीर्य की विधवा पत्नियों—अंबिका और अंबालिका में गर्भ की स्थापना करो, यही अब तुम्हारा धर्म है।''

परंतु भीष्म अविचल रहे। उन्होंने विवाह न करने की जो प्रतिज्ञा की है उसमें मूलतः ब्रह्मचर्य ही अभिप्रेत है, इसलिए वे किसी भी स्थिति में इस निषेध से विचलित नहीं होंगे, ऐसा कहा और इसके साथ ही धर्मतत्त्व के परम ज्ञाता इस पुत्र ने माता से कहा, ''माता, कुरुवंश को अखंड रखने के लिए योग्य तपस्वी ब्राह्मण की सहायता ली जाय, यह धर्म-विरुद्ध नहीं। प्राचीन काल में ऐसा कई बार हुआ है।''

माता सत्यवती धर्म के इस सूक्ष्म तत्त्व से अपरिचित नहीं थी। ऐसा योग्य तपस्वी ब्राह्मण कौन हो सकता है, इसका उसे तत्काल स्मरण होता है। इसके लिए योग्य पात्र अपने पूर्व जीवन के पुत्र द्वैपायन व्यास से अधिक कौन हो सकता था। इसके अतिरिक्त व्यास ब्राह्मण होने के साथ-साथ पारिवारिक रूप से भी विचित्रवीर्य की विधवा पत्नियों के रिश्ते में जेठ लगते थे। इस दृष्टि से भी व्यास द्वारा यदि ये विधवाएँ

गर्भाधान करें तो उसमें सत्यवती ने इसके लिए भीष्म से जो कहा था, वह भी समा जाता था। व्यास मातृपक्ष से विचित्रवीर्य के बड़े भाई ही कहे जाएँगे। जिस प्रकार शांतनु के संबंध से भीष्म विचित्रवीर्य के बड़े भाई लगते हैं उसी प्रकार सत्यवती के संबंध से व्यास भी बड़े भाई ही कहे जाएँगे। माता ने पुत्र भीष्म को अपने कौमार्य जीवन की यह कथा उस क्षण कहकर सुना दी। कुरुवंश के विस्तार के लिए वे व्यास का चयन क्यों कर रही है, यह बात यदि भीष्म को न बताएँ तो व्यास के चयन पर भीष्म अपनी सहमति कैसे देंगे। माता यहाँ लज्जास्पद ढंग से यह बात पुत्र को बताती है और व्यास का स्मरण करती है। भीष्म भी व्यास से तो परिचित हैं ही, इसलिए उन्होंने इस कर्म को अपनी सम्मति दे दी।

सत्यवती ने यमुना के द्वीप में कौमार्यावस्था में पुत्र को जन्म देकर उसका त्याग किया था। इसके बाद माता-पुत्र का कभी मिलन नहीं हुआ था। कृष्ण द्वैपायन व्यास आर्यावर्त के एक प्रखर महर्षि बन गए थे और आर्यावर्त के ही प्रथम पंक्ति के राज्य हस्तिनापुर में माता सत्यवती राजरानी थीं, इसलिए दोनों परस्पर अपरिचित तो नहीं ही रहे होंगे। जिस तरह इस पूरे समय व्यास उनके पुत्र हैं, यह सत्य सत्यवती ने अपने मन में ही छिपाकर रखा था, उसी तरह व्यास ने भी यह सत्य कहीं प्रकट किया हो, ऐसी कोई बात महाभारत में नहीं है। इसका अर्थ यह हुआ कि माता-पुत्र दोनों विधि की इस वक्रता को एक सहज कर्म के रूप में स्वीकार कर एक-दूसरे से पूर्णतः अलिप्त रहकर इतने वर्षों से जी रहे थे। निर्मित को वे मानो पूरी सहजता से स्वीकार कर चुके थे।

माता ने स्मरण किया और व्यास प्रकट हो गए। इसका एक अर्थ यह भी है कि सत्यवती ने इतने वर्षों में व्यास का स्मरण भी नहीं किया था। माता के लिए पुत्र को, और वह भी प्रथम संतान को, भूल पाना असंभव है। तथापि कुरुकुल के हितार्थ पूर्वजीवन का विस्मरण अनिवार्य था, इसलिए एक कर्तव्य के रूप में सत्यवती ने व्यास को देखने की कभी इच्छा तक नहीं की। अब माता-पुत्र का यह मिलन एक अत्यंत गंभीर

और विचित्र परिस्थिति में होता है। यहाँ वर्षों से अपने पहले पुत्र के लिए अतृप्त रह गए सत्यवती के मातृत्व का परमोच्च क्षण प्रकट होता है। महाभारतकार लिखते हैं कि जिस समय सत्यवती ने व्यास को देखा, उसके स्तन से मातृत्व की धारा बह निकली। पुत्र को उसने गले से लगा लिया और रोते-रोते स्तन से बहते दूध से उसने पुत्र को स्नान कराया। यह दूध की धारा भी व्यास जैसे पुत्र को स्नान करा सके, इतनी अधिक मात्रा में है। यह सब घटित हुआ है कुमार भीष्म की नजरों के सामने। सहज ही गणना की जा सकती है कि सत्यवती की आयु उस समय साठ के आस-पास रही होगी।

सत्यवती ने पुत्र व्यास के समक्ष अपनी इच्छा व्यक्त की, ''विचित्रवीर्य तुम्हारा छोटा भाई ही है। उसकी पत्नी अंबिका में तुम हस्तिनापुर के भावी राजा को स्थापित करो।'' माता की यह इच्छा जानकर व्यास पूर्णतः स्थितप्रज्ञ रह गए। कोई भी प्रतिभाव प्रकट किए बिना उन्होंने मात्र इतना ही कहा, ''ठीक है, माता! आप धर्मज्ञ हैं। आपकी इच्छा मेरे लिए आज्ञा है, परंतु मैं जैसा कहूँ उसके अनुसार अंबिका एक वर्ष व्रत करे, उसके बाद ही पवित्र होकर समागम करे, यह अभीष्ट है।''

परंतु सत्यवती अब अधीर हो गई है। एक वर्ष प्रतीक्षा करने के लिए वह तैयार नहीं है। वह व्यास से कहती है, ''नहीं, पुत्र! एक वर्ष बहुत लंबा अंतराल है। शासक-विहीन पृथ्वी देवत्व-विहीन हो जाती है, अतः अब समय नष्ट करना इष्ट नहीं है।''

इस प्रकार माता सत्यवती की इच्छानुसार उसी रात मिलन निश्चित किया गया। सत्यवती ने अंबिका को सारी बात बताकर मिलन के लिए तैयार किया था; पर रात्रि के अंधकार में व्यास ने जब अंबिका के शयनकक्ष में प्रवेश किया तो उस समय अंबिका के मन में कुरुकुल के अन्य पुरुषों के चित्र थे। व्यास को इसके पूर्व अंबिका ने कभी देखा नहीं था, इसलिए व्यास के विषय में कल्पना वह भीष्म के आधार पर कर रही

थी। भीष्म जैसे सुरूपवान् पुरुष के स्थान पर उसने जिसे देखा वह इतना भयावह था कि उसे देखकर उसकी आँखें मुँद गईं। गाढ़े काले रंग की त्वचा, लंबी जटा और पेट तक लटकती पीली पड़ गई दाढ़ी तथा लाल आँखें—व्यास का यह रूप अंबिका के लिए असह्य था। अब उसके लिए इनकार करना तो संभव नहीं था, पर स्वस्थ रहकर स्वीकार कर पाना भी संभव नहीं था। उससे भयत्रस्त होकर उसकी आँखें बंद हो गईं। अपनी आँखें उसने अंत तक नहीं खोलीं। बंद आँखों के साथ ही अंबिका ने व्यास के साथ एक कर्तव्य निभा दिया। इस कर्तव्य के अंत में व्यास उसी निर्लिप्तता से जब बाहर आए तो उन्होंने माता से कहा, ''माता! यह पुत्र बलवान्, बुद्धिशाली और विद्वान् होगा; किंतु माता के दोष के कारण जन्मांध होगा।''

और यही हुआ। अंबिका का पुत्र धृतराष्ट्र जन्म से ही अंधा था। राजपुत्र अंधा हो, यह चलता है; पर धृतराष्ट्र मात्र एक राजपुत्र नहीं था। उसे तो राजा बनना था। राजा शारीरिक रूप से अपंग हो, यह कैसे चलेगा? कुरुकुल की यह परंपरा ही थी। महाराज शांतनु भी कोई युवराज नहीं थे। युवराज और बाद में राजा बने बड़े भाई देवापि को कोढ़ हो जाने के बाद राजा कोढ़ी न हो, इस परंपरा के अनुसार उनके स्थान पर शांतनु का राज्याभिषेक हुआ था। अंधे धृतराष्ट्र से कुरुवंश अखंड रहे, यह संभव नहीं था। राज-सिंहासन तो फिर भी खाली ही रहेगा। इसका अर्थ यह हुआ कि पुनः एक और कुमार का जन्म अनिवार्य था।

अब माता सत्यवती ने छोटी पुत्रवधू अंबालिका को इस काम के लिए तैयार किया। पुनः एक बार पुत्र व्यास को माता ने आज्ञा दी। पुत्र ने आज्ञा शिरोधार्य करके अंबालिका के शयनकक्ष में प्रवेश किया। इस बार भी व्यास का रूप तो पूर्ववत् ही था। इस रूप को देखकर अंबालिका ने आँखें तो नहीं बंद कीं, क्योंकि अंबिका का अनुभव अभी ताजा ही था, पर वह भी भयभीत हो ही गई। भयभीत मनोदशा में उसका चेहरा विवर्ण हो गया। उसके चेहरे से रक्ताभा उड़ गई, परिणाम-स्वरूप उसने जिस

पुत्र को जन्म दिया वह पांडु रोगी हुआ।

इस प्रकार दो-दो प्रयत्नों के बाद जब योग्य पौत्र प्राप्त करने के लिए माता सत्यवती गहरे उतरीं तो पुनः एक बार उन्होंने पुत्र व्यास को अंबालिका के साथ संबंध स्थापित करने का आदेश दिया। धृतराष्ट्र अंधा हो और पांडु रोगिष्ठ तो दोनों में से कोई भी हस्तिनापुर के सिंहासन पर बैठने के लिए पूर्ण तो नहीं ही था। इस बार अंबालिका मनोमन व्यास से मिलने के लिए तनिक भी तैयार नहीं थी। उसके मन पर पहले संबंध की जो छाप पड़ी थी, वह भूल नहीं रही थी। इस भयभीत अवस्था के चलते उसने सास सत्यवती की बात स्वीकार तो कर ली, परंतु उसने शयनकक्ष में अपने बदले अपनी एक विश्वसनीय दासी को श्रृंगार धारण करवाकर बैठा दिया। उस दासी ने चित्त की संपूर्ण प्रसन्नता के साथ व्यास को स्वीकार किया। इस स्वीकार के परिणाम थे विदुर।

दासी-पुत्र होने के कारण विदुर सिंहासन के अधिकारी नहीं हुए, किंतु संबंधों की यहाँ एक जबरदस्त उलझन खड़ी होती है। धृतराष्ट्र, पांडु और विदुर तीनों संबंध की दृष्टि से भाई कहे जाएँगे, पर इन भाइयों की माताएँ भिन्न-भिन्न हैं और पिता एक व्यास हैं। इस पिता में हस्तिनापुर के कुरुवंश का रक्त नहीं बहता। व्यास ब्राह्मण-पुत्र हैं—पराशर ऋषि की संतान हैं। कुरुवंश का रक्त जिसमें बहा है, वे भीष्म तो आजीवन ब्रह्मचारी हैं। इसके बाद समग्र महाभारत जिस कुरुवंश की बात करता है वह कुरुवंश इस प्रकार महाभारत कथा के आदिपर्व में ही वास्तव में राजा शांतनु के रक्त से दूर हो गया है। इसे विधि की वक्रता कहेंगे या मानव जाति की—और वह भी भीष्म जैसे महारथी जिस कुल में हैं उस मानव जाति की—भ्रमणा कहेंगे? या जीवन भर की व्यर्थता?

यहीं सत्यवती के जीवन का करुणतम क्षण आता है। चार पुत्रों और दो पौत्रों—इस तरह छह-छह संतानों की यह मातामही है—ये छह संतानें भी बलिष्ठ, बुद्धिमान और शूरवीर हैं। इसके बावजूद हस्तिनापुर के सिंहासन का प्रश्न हल हुए बिना ही रह गया। धृतराष्ट्र युवराज हैं, पर

वह राज्यारोहण के अधिकार से वंचित हैं। पांडु कनिष्ठ पुत्र हैं और उनका राज्याभिषेक इष्ट नहीं बल्कि अनिवार्य रूप से एक अनिष्ट कदम है। यह कदम ही कुरुवंश को भविष्य में महाविनाश की ओर खींच ले जानेवाली परंपरा का प्रथम सोपान बन रहा है।

किंतु सत्यवती दीर्घायु का अभिशाप लेकर जनमी स्त्री थी। पांडु का राज्यारोहण हो और ज्येष्ठ पुत्र धृतराष्ट्र मन-ही-मन द्वेष से पीड़ित हो, यहीं उसका दुर्भाग्य समाप्त नहीं होता। धृतराष्ट्र और पांडु की संतानें कौरव और पांडव जनमे और बाल्यावस्था से ही परस्पर घृणा और ईर्ष्या के वातावरण में ही बड़े होते गए, यह भी माता सत्यवती ने अपने जीवन काल में देखा है। पांडु को स्त्री-संग वर्ज्य हुआ—उसे ऋषि का शाप लगा और उसने अरण्यवास किया, यह दारुण घटना भी सत्यवती की आँखों के समक्ष ही घटी। पांडु की पत्नियों ने वनवास के दौरान ही जिस तरह मंत्र द्वारा पुत्र प्राप्त किए, धृतराष्ट्र की पत्नी गांधारी के पेट से उत्पन्न मांस के लोथड़े के टुकड़े करके जिस प्रकार व्यास ने कौरवों को उत्पन्न किया—यह सब मातामही सत्यवती असहाय बनकर देखती रही है। अब परिस्थितियाँ उसके हाथ में नहीं रहीं। वह अत्यंत वृद्ध हो गई है और हस्तिनापुर के राजमहल में षड्यंत्र व विरोधी शिविर रचे जा चुके हैं। कर्ण और शकुनि का आगमन भी हो चुका है।

अतिशय वृद्ध और असहाय मातामही के पास तब एक बार फिर पुत्र व्यास दिखाई देते हैं। व्यास माता को बहुत ही कम शब्दों में अमंगल का आभास देते हुए कहते हैं, "माता, अब यह बूढ़ी धरती अधिक समय तक जीने जैसी नहीं। अधर्म का बढ़ता जा रहा बोझ यह नहीं सह सकेगी।...आप इससे दूर जाकर आत्मकल्याण साधें।" व्यास का संकेत साफ है। भविष्य में जो होने वाला है, उसे व्यास की आर्ष दृष्टि ने देख लिया था, सत्यवती पुत्र का यह संकेत समझ गई। कुरुवंश को अक्षत रखने के लिए सत्यवती ने जिन पुत्रों को माँगकर प्राप्त किया था, अब वही कुरुवंश को निर्मूल करने के लिए मानो तेजी से बढ़ रहे थे और यह

विनाश अपनी आँखों से देखने के लिए सत्यवती अब जीना नहीं चाहती थी। माता ने अपनी विधवा पुत्रवधुओं—अंबिका और अंबालिका को साथ लेकर कुरु-परिवार से छुट्टी लेकर तपोवन की ओर प्रयाण किया। इसके बाद उन्होंने पीछे पलटकर कभी नहीं देखा। एकाकी, असहाय और हताश हृदय से ही उन्होंने शेष दिन तपस्या में बिता दिए।

सत्यवती का जीवन एक त्रासदी है। अनेक पुत्रों की यह माता और मातामही होने के बावजूद जीवन के अंतिम क्षणों में वह एकदम हताश और लाचार दिखाई देती है। व्यास और भीष्म जैसे पुत्र भी उसकी हताशा दूर नहीं कर पाते। सत्यवती जब अंतिम श्वास लेती है, उस समय उसके हृदय पर जो असह्य बोझ पड़ा होगा उसका यत्किंचित् भी दर्शन करने के लिए पुत्र व्यास ही वहाँ तपोवन में उपस्थित थे। व्यास ने ही माता को अंतिम सांत्वना और संतोष दिया है।

□

# गंगा

महाभारत के स्त्री पात्रों में गंगा अन्य पात्रों की तुलना में सबसे कम समय दिखाई देनेवाला पात्र है। एक तरह से देखें तो गंगा सत्यवती से भी अधिक वरिष्ठ कहीं जाएगी, क्योंकि महाभारत में जिस कुरुवंश की कथा है उन सभी कुरुवंशियों के पितामह भीष्म की वह जननी है। इस प्रकार उसे कुरुवंश की सर्वप्रथम माता के रूप में सम्मान मिलना चाहिए। सत्यवती की कौमार्यावस्था में जनमे व्यास महाभारत के सबसे वरिष्ठ पात्र हैं, यह सही है; पर व्यास कुरुवंशी नहीं हैं, जबकि महाभारत तो कुरुवंशियों की कथा है। इसे देखते हुए व्यास की जनेता को नहीं, भीष्म की जनेता को ही वरिष्ठतम माता का मान मिलना चाहिए। महाभारत की कथा में गंगा को यह मान मिला नहीं। बहुत थोड़े पृष्ठों तक अपनी उपस्थिति रखकर आदिपर्व से ही वह अदृश्य हो जाती है। इसके बाद पुत्र भीष्म की मृत्यु के समय भी वह मुश्किल से एक-दो पृष्ठ जितनी ही जगह घेरती है। इसके अलावा गंगा महाभारत में कहीं दिखाई नहीं देती। इसके अतिरिक्त अन्य माताओं से दूसरी तरह भी गंगा भिन्न है। अन्य माताएँ—सत्यवती से लेकर अभिमन्यु की पत्नी तथा परीक्षित् की माता बालिका उत्तरा तक की सभी माताएँ पृथ्वीवासिनी हैं। गंगा पृथ्वी पर आई है, पर वह यहाँ रहने के लिए नहीं आई है। अपने कर्तव्य के एक भाग के रूप में—किसी परोपकार के लिए, एक निश्चित भूमिका निभाने

के लिए वह पृथ्वी पर मानवी बनकर आई है—महाभारत की एक पात्र बनी है। कुरुकुल में जिस तरह सभी परस्पर जुड़े हुए हैं, ऐसा कोई मानसिक संबंध किसी भी पात्र के साथ गंगा का नहीं है। उसका जो थोड़ा सा संबंध है, वह मात्र पुत्र भीष्म के साथ है। पति या पुत्रों-पौत्रों और प्रपौत्रों के साथ उसका कोई संबंध नहीं है। श्रीराम के पूर्वज इक्ष्वाकुवंशी राजाओं ने जिस गंगा को स्वर्ग से पृथ्वी पर उतारा था वह गंगा तो इक्ष्वाकुवंश से दूर ही रही है और संबंध में वह बाद में कुरुवंशियों की जनेता बनी है। इस प्रकार गंगा दैवी पात्र है, जो महाभारत में मानवी रूप लेकर हमारे समक्ष आई है।

इस संबंध में एक अन्य कथा प्रचलित है।

कहते हैं, देवराज इंद्र ने माता दिति के गर्भ में प्रवेश करके उस गर्भ का नाश कर दिया था। ऐसा करने का कारण यह था कि दिति के गर्भ का यदि प्रसव होता तो वह संतान इंद्र के आसन के लिए विघ्नकर्ता होती। माता दिति को इस बात का पता चला तो कुपित होकर उसने इंद्र को और समस्त देव योनि को शाप दिया—"गर्भनाश मातृत्व के प्रति अपराध है। देवों की पत्नियाँ मातृत्व से वंचित रहेंगी। देवलोक की स्त्रियाँ कभी माता नहीं बनेंगी।" गंगा वास्तव में तो देवलोक की स्त्री है। मातृत्व उसके लिए भी वर्ज्य था। दिति के शाप के असर से वह भी प्रभावित थी। स्वर्गलोक में देवरूप में वह कभी माता नहीं बन सकती थी, इसीलिए स्वर्गलोक की स्त्रियाँ कभी पूर्ण स्त्री नहीं कही गईं—मातृत्वहीन स्त्रीत्व अपूर्ण है। यह विभावना मातृत्व का परम गौरव करती है।

गंगा राजा शांतनु की प्रथम पत्नी और पितामह भीष्म की माता है। कथा कहती है कि स्वर्गलोक में एक बार कोई उत्सव हो रहा था। देवकन्या गंगा सुंदर आभूषणों से सजकर वहाँ आई। उसी समय हवा की तेज गति के कारण उसकी देह पर वस्त्र सरक गया। अन्य सभी ने तो दृष्टि नीचे कर ली, किंतु महाभिष नाम का एक पुण्यात्मा राजा, जो

मृत्योपरांत देवलोक में निवास कर रहा था, गंगा की ओर लोलुप नजरों से देखता रहा। उसका यह अपराध ब्रह्माजी ने क्षमा नहीं किया और महाभिष को इस लोलुपता के दंड-स्वरूप पृथ्वीलोक पर वासना-पूर्ति के लिए वापस भेज दिया। महाभिष को मिले इस दंड का कारण वह स्वयं थी, यह जानकर देवकन्या गंगा उदास हो गई। उदासी के इस बोझ तले दबी वह जा रही थी कि उसी की तरह उदास और निस्तेज हुए आठ वसुओं को उसने देखा। तेजस्वी वसुओं को इस तरह निस्तेज देखकर उसने द्यु नाम के मुख्य वसु से पूछा, "आप लोग इतने निस्तेज क्यों दिखाई दे रहे हैं?"

ये वसु अपनी-अपनी पत्नियों के साथ वसिष्ठ ऋषि के पास से जा रहे थे। वसिष्ठ की कामधेनु गाय सुरभि इतनी सुंदर थी कि एक वसु पत्नी उससे आकर्षित हुए बिना न रही। उसने अपने पति द्यु से वह गाय किसी भी मूल्य पर प्राप्त करने का हठ ठान लिया। वसिष्ठ आश्रम में उपस्थित नहीं थे, इसलिए इस अवसर का लाभ लेकर वसुओं ने सुरभि गाय का अपहरण किया। वसिष्ठ जब वापस आए तो वसुओं के इस कृत्य से वे कुपित हो गए। उन्होंने आठों वसुओं को पृथ्वी पर मनुष्य रूप में अवतरित होने का शाप दिया। वसिष्ठ के इस शाप से निस्तेज होकर वसुओं ने वसिष्ठ से क्षमा माँगते हुए गाय वापस लौटा दी और शाप को कम करने के लिए प्रार्थना की। वसिष्ठ को उन पर दया आ गई और उन्होंने कहा, "आप लोगों को पृथ्वी पर जन्म तो लेना ही पड़ेगा, किंतु रहना नहीं पड़ेगा। जन्म लेते ही आप शाप से मुक्त हो जाएँगे; किंतु यह मुख्य वसु द्यु, जिसने अपनी पत्नी की कामना पूरी करने के लिए यह धृष्टता की है, इसे तो पृथ्वो पर लंबे समय तक रहना ही पड़ेगा और यह अकेला ही रहेगा। अपनी संतति द्वारा यह अनेक पीढ़ियों तक यह शाप नहीं भोगेगा। इसे संतति होगी ही नहीं और इस प्रकार जैसे ही यह शाप से मुक्त होगा, सभी वसु वापस स्वर्गलोक में आ जाएँगे।"

अपने इस दुर्भाग्य की बात गंगा को बताकर द्यु ने प्रार्थना की,

''किसी मानव स्त्री के गर्भ से हमारा जन्म हो, यह उचित नहीं लगता। कोई दैवी स्त्री हमें धारण करे और तत्काल मुक्त करे, इसके लिए हम चिंतित हैं।''

उस क्षण देवकन्या गंगा को ब्रह्माजी द्वारा शापित महाभिष का स्मरण हो आया। महाभिष भी देवलोकवासी था। वसु भी देवलोकवासी थे। उन सभी के लिए पृथ्वी पर जाना अनिवार्य था। जिसके कारण महाभिष पदभ्रष्ट हुआ वह स्वयं वसुओं को धारण करने और महाभिष का साथ देने के लिए पृथ्वी पर जाए तो इसमें अनुचित क्या है? उलटे यह तो वसुओं के उद्धार का पुण्यकर्म ही कहा जाएगा। गंगा ने तो राजा भगीरथ की प्रार्थना के कारण सगर पुत्रों के उद्धार के लिए ही पृथ्वी पर अवतरण किया था। अब ऐसा ही एक दूसरा पुण्य कर्म करने के लिए वसुओं की माता बनने वह पृथ्वी पर जाय तो इसमें गलत क्या है? उसने निर्णय कर लिया।

देवकन्या गंगा का पृथ्वी पर मानव कन्या के रूप में अवतरण होता है, उस समय हस्तिनापुर-नरेश प्रतीप गंगातट पर तपश्चर्या कर रहे होते हैं। राजा प्रतीप शांतनु के पिता थे। शांतनु का उस समय तब जन्म भी नहीं हुआ था और राजा प्रतीप संतानहीन थे। पुत्र-प्राप्ति के लिए ही वे तपस्या कर रहे थे। उसी समय गंगा प्रकट हुई। अत्यंत सुंदर युवा स्त्री का रूप धारण कर प्रकट हुई गंगा देखते ही राजा प्रतीप पर मोहित हो गई। कल तक जो देवकन्या के रूप में विचर रही थी, जिसे देवी रूप में मोह स्पर्श भी नहीं करता था वही प्रतीप जैसे वयस्क और पत्नी के साथ तपस्या कर रहे पुरुष पर मोहित हो गई। यह घटना अतिशय आश्चर्यजनक और विचार-प्रेरक है। कामरहित देवता और कदम-कदम पर जिसमें काम का वास हो वह मनुष्य, इससे क्या संकेत मिलता है? काम का स्पर्श होते ही देवपद से भ्रष्ट होकर आत्मा मनुष्यलोक में उतर आती है—फिर तो यह कामना चाहे स्त्री देह की हो या फिर सुरभि गाय की, इसी प्रकार मनुष्य देह धारण करते ही मनुष्य कामना से लिपट जाता है।

अच्छे-बुरे का भी भान न रहे, ऐसी है यह कामना! मनुष्य को यदि देवपद की प्राप्ति करनी हो तो उसे उलटी यात्रा करनी पड़ती है—कामना से मुक्ति इसका पहला सोपान है।

गंगा राजा प्रतीप की गोद में आकर दाईं जाँघ पर बैठ गई। प्रतीप तो आँखें बंद कर तपस्या कर रहे थे। उन्होंने आँखें खोलीं। गंगा को देख उन्हें आश्चर्य हुआ। गंगा ने राजा से कहा, "राजन्, मुझे स्वीकार करें। मैं आपके लिए योग्य स्त्री हूँ।" परंतु राजा प्रतीप धर्म मार्ग से विचलित नहीं होते। वे कहते हैं, "सुंदरी! तुमने गलत स्थान का चुनाव किया है। तुम मेरी दाईं जाँघ पर बैठीं। गोद का दायाँ भाग पुत्र, पुत्री या पुत्रवधू के लिए होता है। पत्नी का स्थान तो बाईं जाँघ पर होता है। तुमने स्वयं ही मेरी पुत्री या पुत्रवधू का पद पसंद किया है। यह पद मैं तुम्हें दूँगा।" गंगा को अपनी भूल समझ में आ गई और उसने राजा प्रतीप की बात स्वीकार कर ली। इस प्रकार प्रतीप की पत्नी बनने के लिए तैयार हुई गंगा ने वर्षों बाद प्रतीप के पुत्र शांतनु के साथ विवाह किया।

राजा प्रतीप हों या शांतनु—गंगा का पृथ्वी पर अवतरण तो उन शापित वसुओं की माता बनने के लिए हुआ था। राजा प्रतीप का देहावसान हुआ और राजकुमार शांतनु राजा बना। उसके कई वर्षों बाद शांतनु ने गंगा को देखा। प्रतीप द्वारा दिए वचन के अनुसार गंगा प्रकट हुई और उसे देखते ही युवा शांतनु उस पर मोहित हो गया। शांतनु ने गंगा के समक्ष विवाह का प्रस्ताव रखा। उसे गंगा ने स्वीकार तो किया, किंतु इस स्वीकार के पीछे मूल बात तो वसुओं का मातृत्व धारण करने की ही थी, उसकी मुख्य भूमिका प्रेमिका या पत्नी बनने की नहीं थी। वह तो माता बनने के लिए ही बनी थी। यह बात युवा राजा को—और वह भी रूप-यौवन से मोहित प्रेमी को—कैसे बताई जा सकती थी? वह समझेगा भी कैसे? इस समस्या को गंगा ने युक्तिपूर्वक हल किया। उसने प्रेम में पागल राजा के समक्ष एक शर्त रखी—"हमारे दांपत्य जीवन में मैं जो कुछ करूँ उस विषय में आपको मुझसे कभी कुछ नहीं पूछना है। जिस

क्षण आप पूछेंगे उसी क्षण हम दोनों का साथ समाप्त हो जाएगा।''

यहाँ थोड़ा शांतनु के विषय में विचार करें। शांतनु समझदार राजा है, प्रतीप और कुरुवंश की संतान है। ऐसा होते हुए भी मोह कितना बलवतर है कि गंगा की ऐसी असहज शर्त को भी बिना किसी प्रतिवाद के और बिना कोई विचार किए वह स्वीकार कर लेता है। एक तरह से देखें तो महाभारत में जो सर्वनाश हुआ है उसका बीजारोपण इस प्रकार के मोह के कारण ही हुआ है। मत्स्यगंधा के लिए पराशर को मोह हो या सत्यवती के लिए शांतनु को मोह हो या फिर युवा शांतनु जिस तरह गंगा की शर्त स्वीकार करता हो, वह मोह हो—यह मोह और इस मोह के पीछे पैदा होता अविवेक हो, यही महाभारत के सर्वनाश का बीज है। इस बीज का जो वटवृक्ष बना वही तो दुर्योधन या दुःशासन या धृतराष्ट्र कें रूप में दिखाई देता है।

गंगा की शर्त स्वीकार कर शांतनु ने दांपत्य जीवन में प्रवेश किया, उस समय उसे कहाँ पता रहा होगा कि उसकी यह सुंदर पत्नी अपने नवजात शिशुओं का लालन-पालन करने की जगह उन्हें एक के बाद एक जल में प्रवाहित कर देगी। जैसे-जैसे वर्ष बीतते गए, एक के बाद एक बालक का जन्म होता गया और प्रत्येक बालक को जन्म लेते ही गंगा नदी के प्रवाह में प्रवाहित करती गई। अमानुषी लगे, ऐसा यह दृश्य था; परंतु मोहवश राजा अपनी पत्नी को रोकने की बात तो दूर रही, पूछने का भी साहस नहीं कर सकता था। पत्नी छोड़कर चली जाएगी, इस भय, स्वार्थ और मोह से घिरा राजा असहायता से चुपचाप यह कृत्य देखता रहता है, यह इस त्रिविध भावना का अत्यंत विचित्र दृश्य है।

माता गंगा के लिए यह एक कर्तव्य था—एक वचन-पालन था। वसुओं को शाप-मुक्त करने के लिए वह तो साधन मात्र थी। उसे मातृत्व प्राप्त होता था, किंतु मातृत्व का नाश भी अपने ही हाथों करने के लिए वह बाध्य थी। कर्तव्य-पालन के लिए मातृत्व जैसी श्रेष्ठतम भावना की भी बलि चढ़ानी पड़ती है, यह ध्वनि भी यहाँ पढ़ी जा सकती है। एक के

बाद एक वसु उसके गर्भ से बालक रूप में अवतरित होते गए और सभी वसिष्ठ के शाप से मुक्त होकर वापस स्वर्गलोक में पहुँचते गए। कोई स्त्री, जिसने गर्भ में संतान को धारण किया है, उसका सर्वप्रथम लक्ष्य उस संतान का कल्याण ही हो सकता है। इसके लिए गर्भाधान के आरंभ से ही उसको चुपचाप कितना कष्ट सहन करना पड़ता है। यही तो मातृत्व की महिमा है। सात-सात वसुओं का कल्याण साधना, यह माता गंगा का कर्तव्य था और यह कर्तव्य उसने निभाया।

सात पुत्रों का विसर्जन अपनी आँखों देख रहा शांतनु आठवें पुत्र के जन्म के समय पत्नी गंगा का यह अज्ञेय निष्ठुर आचरण मौन रहकर नहीं सह सका। उससे रहा नहीं गया। आठवाँ पुत्र ही तो वह द्यु नामक वसु था जिसका इस पृथ्वी पर दीर्घ जीवन वसिष्ठ के शाप से पूर्व निर्धारित ही था। जब इस आठवें पुत्र को जल में विसर्जित करने के लिए गंगा ले जा रही थी, शांतनु ने उसे रोका, ''गंगा! यह पाप कर्म अब और नहीं होने दूँगा।''

उसने कहा, ''महाराज, यह पाप कर्म नहीं था बल्कि आप भी एक पुण्य कर्म में सहभागी हो रहे थे।'' ऐसा कहकर गंगा ने यहाँ अपना जीवन कर्म और वसुओं की जन्मकथा शांतनु को सुना दी। ''अब कर्म पूरे हुए, राजन्। इस आठवें बालक को अब मैं विसर्जित नहीं करूँगी, किंतु हम दोनों के बीच जो रेखा खींची गई थी वह मिट गई। आपने मुझे रोका है। अब मैं वापस अपने स्थान पर चली जाऊँगी।''

परंतु गंगा अकेली नहीं जाती। राजा शांतनु अकेले ही अब बालक कुमार का लालन-पालन किस तरह करेगा, इस विचार से गंगा उस शिशु को अपने साथ ही ले जाती है। उसने पति से कहा भी, ''आपका पुत्र आपको यथा समय प्राप्त होगा।''

इस कुमार देवव्रत को गंगा ने कितने वर्षों तक अपने साथ रखा, इसकी कोई निश्चित जानकारी नहीं मिलती। महाभारत की कथा के अनुसार जब देवव्रत तरुणावस्था में आया, उस समय एक दिन उसने

गंगातट पर अपने बाणों के प्रहार से गंगा के प्रवाह को रोक रखा था और राजा शांतनु ने इस दृश्य को अपनी आँखों से देखा। गंगा के प्रवाह को रोक रखनेवाला वह धनुर्धारी कौन है, यह प्रश्न उसके मन में पैदा हुआ और उसी समय उस प्रवाह में से पुनः प्रकट होकर गंगा ने राजा से कहा, "राजन्! यही आपका पुत्र देवव्रत है। अब आप इसे हस्तिनापुर ले जाकर युवराज के पद पर स्थापित करें।"

महाभारत, आदिपर्व १००/२० के अनुसार पत्नी-विहीन बने राजा शांतनु ने छत्तीस वर्ष अरण्यवास किया था और उसके बाद यह प्रसंग हुआ था। इस कथानक को स्वीकार करें तो कुमार देवव्रत वापस आया तो उसकी आयु भी छत्तीस वर्ष होनी चाहिए, लेकिन इसी अध्याय के अन्य श्लोकों में उसे 'कुमार' या 'तरुण' के रूप में उल्लिखित किया गया है। इसे लक्ष्य में रखें तो उसे छत्तीस वर्ष की आयु के परिपक्व पुरुष के रूप में कल्पित नहीं किया जा सकता! माता गंगा उसे युवराज के पद पर स्थापित किए जाने की बात करती है, इसे देखते हुए उसकी आयु अठारह-बीस या उससे भी एक-दो वर्ष कम हो, ऐसा मानना अधिक तर्कसंगत है। शांतनु ने देवव्रत को युवराज पद पर स्थापित किया और चार वर्ष सुख में बिताए, ऐसा उल्लेख महाभारत में मिलता है। इन चार वर्षों के बाद अर्थात् देवव्रत जब बाईस-चौबीस वर्ष के रहे होंगे, महाराज शांतनु सत्यवती के परिचय में आए। इस प्रकार सत्यवती के साथ पिता की विवाह की इच्छा पूरी करने के लिए पुत्र ने जो प्रचंड भोग दिया, उस समय वह भरी युवावस्था में था। ऊपर उल्लिखित आदिपर्व १००/२० की बात के अनुसार यदि कुमार देवव्रत को छत्तीस वर्ष का मान लें तो इस समय उसकी आयु चालीस के आस-पास पहुँच जाती है। तत्कालीन राजवी परंपरा के अनुसार कोई पिता इतनी आयु के पुत्र को अविवाहित अवस्था में रखेगा, यह सहज तर्क के साथ सुसंगत नहीं। विवाह करने जैसी आयु तो पुत्र की थी, ऐसे में पुत्र के बलिदान पर पिता ने विवाह किया। राजा शांतनु का गंगा के साथ जो प्रथम विवाह हुआ था, उसके

पीछे भी मूलभूत कारण रूप-यौवन की विलासिता थी।

देवव्रत ने पिता के लिए जो अनन्य त्याग किया था, वह माता गंगा की दी हुई शिक्षा का परिणाम था। गंगा ने स्वयं बलिदान देकर वसुओं की माता बनने के लिए पृथ्वी पर मानव-देह धारण किया था। इस प्रकार जो स्वजन है—आत्मीय है, उसके लिए कोई भी त्याग करने का संस्कार देवव्रत को माता के उदर में से ही मिला था। गंगा के प्रवाह को भी रोक सके, ऐसी प्रचंड अस्त्र-विद्या भी पुत्र को माता गंगा ने ही सिखाई थी। सत्यवती के पिता दाशराज के समक्ष देवव्रत जब आजीवन ब्रह्मचर्य की जो प्रतिज्ञा लेते हैं, वह कृत्य भी तो यथार्थ में वसिष्ठ द्वारा द्यु के दिए गए शाप की ही परिपूर्णता है। द्यु वसु स्वयं भले ही शाप भोगे, पर संतति उत्पन्न करके अपने एक अंश को पृथ्वीलोक में क्यों छोड़ दे? संतति तो अंततः पिता का ही अंश होता है। द्यु शाप का निवारण होने पर संपूर्ण देवत्व के साथ पुनः स्वर्गलोक में अपने स्थान पर पहुँच जाए और पृथ्वी पर वह काल (समय) की एक लकीर तक न खींचे, यही तो इस घटना के पीछे का मर्म था। इस मर्म के अनुसरण ने ही तो कुमार देवव्रत को भीष्म बनाया।

इसके बाद भीष्म कितना जिए, इस विषय में विद्वानों में मतांतर है। वर्षों का जोड़-बाकी करके अधिकांश विद्वानों ने यह मत व्यक्त किया है कि भीष्म ने लगभग एक सौ पचहत्तर वर्ष का अति दीर्घ जीवन जिया था। पिता शांतनु ने पुत्र देवव्रत को इच्छा-मृत्यु का वरदान दिया था। पुत्र ने जो बलिदान दिया उससे प्रसन्न होकर पिता ने कुमार को, वह जब जिस क्षण अपने जीवन की समाप्ति की इच्छा करे, उसी क्षण उसकी मृत्यु होगी और उस समय तक वह मृत्यु को भी रोक सकेगा, ऐसा यह वरदान था। ऐसा प्रचंड वरदान दे सकने की क्षमता रखनेवाला पुरुष भी मोह और काम के समक्ष कैसा असहाय हो जाता है, उसका यह एक और उदाहरण है। शांतनु मात्र एक कामी राजा नहीं, समर्थ पुरुष भी है, इसका यह सूचक है।

परंतु इसके बाद का घटनाक्रम ही ऐसा बनता है कि भीष्म को अपनी प्रतिज्ञा का पालन करने के लिए अनिच्छा से अधिक-से-अधिक लंबे समय तक जीना पड़ता है। माता सत्यवती का रक्त ही हस्तिनापुर के सिंहासन पर स्थापित हो, इस भीष्म प्रतिज्ञा ने भीष्म को जीवन-पर्यंत अतिशय कष्ट दिया है। सत्य और धर्म के पूर्ण ज्ञाता भीष्म काल के समक्ष अधर्म और असत्य के पक्ष में खड़े हों, ऐसा दारुण दृश्य इसके बाद निर्मित होता है।

महाभारत के युद्ध में दस दिन के बाद भीष्म शस्त्र-त्याग करके भूमि पर गिरे। उसके बाद अट्ठावन दिन तक उन्होंने अपने प्राण रोककर रखे। इन अट्ठावन दिनों तक अति वृद्ध भीष्म शर-शय्या पर पड़े-पड़े सभी कुछ देखते हैं। पिता के इच्छा-मृत्यु के वरदान के कारण पूरा शरीर बाणविद्ध होते हुए भी वे अपने प्राण टिकाए रखे। युद्ध के अंत में मानव जीवन के परम रहस्यों को प्रकट करनेवाला ज्ञान उन्होंने पांडवों को दिया। यह ज्ञान अर्थात् पुत्रों के साथ प्रश्नोत्तरी। महाभारत में इस प्रश्नोत्तरी को अनुशासनपर्व कहा गया है।

अट्ठावनवें दिन प्रातःकाल में भीष्म जब प्राण-त्याग करते हैं तो धीरे-धीरे शरीर के एक-एक अंग से एक-एक कर प्राण खींचकर मस्तक में लाते हैं। समग्र प्राण इसके बाद मस्तक भेदकर तेज के रूप में अनंत में विलीन हो जाता है। अब तक कहीं, कभी दिखाई ने देनेवाली माता गंगा इतने लंबे अंतराल के बाद पहली बार दिखाई देती है। भीष्म के अंतिम संस्कार के समय गंगा के प्रवाह में से जल लेकर जब कुरुपुत्र तर्पण कर रहे थे तो उस जल में से गंगा बाहर आती है। सात-सात पुत्रों को जन्म लेते ही जल में विसर्जित करते समय जिसका रोम भी नहीं काँपा था वही माता गंगा इस एक सौ पचहत्तर वर्ष के अति वृद्ध पुत्र की मृत्यु के समय उपस्थित सभी लोगों के समक्ष एक सामान्य स्त्री की भाँति विलाप करती है। इस आक्रंद का कारण पुत्र की मृत्यु नहीं बल्कि इस मृत्यु के पीछे का कारण है। विलाप करती माता कहती है, ''जिस पुत्र

को स्वयं परशुराम नहीं परास्त कर सके थे, जिस पुत्र ने अकेले समग्र आर्यावर्त के राजाओं को हराकर अंबा, अंबिका और अंबालिका का स्वयंवर से हरण किया था वही साक्षात् महाकाल जैसा पुत्र एक पुरुषत्वहीन व्यक्ति शिखंडी के कारण मृत्यु को प्राप्त हुआ।'' माता को पुत्र की मृत्यु हुई, इसकी व्यथा कम है—काल तो नित्यक्रम है, किंतु इस काल का जो कारण बना वह माता गंगा के लिए अत्यंत वेदनाजनक है। माता यहाँ देवी गंगा न रहकर सामान्य माता बन जाती है। भीष्म द्यु नामक वसु थे और यह सब तो शाप-प्रेरित था। इस ज्ञान पर मातृत्व हावी हो जाता है और इसके बाद कृष्ण और स्वयं व्यास उसे सांत्वना देते हैं तो उसका रुदन शांत होता है।

गंगा के अनेक रूप हैं। स्वर्ग से अवतरण करते समय की गर्वीली गंगा, सगर-पुत्रों का उद्धार करती पतित-पावनी गंगा और पुत्र की मृत्यु पर आक्रंद करती गंगा—इन विविध रूपों में माता का रूप कथा-क्रम में गौण किंतु अप्रतिम है।

□

# कुंती-१

महाभारत के अंतिम हेतु को समझने के लिए अनेक विद्वानों ने अनेक प्रकार से प्रयत्न किए हैं। अलग-अलग दृष्टि-बिंदुओं से अलग कथानकों का मूल्यांकन करने के अनेक प्रयास हुए हैं। इन तमाम प्रयासों के सार रूप में यदि कोई एक ही संदेश महाभारत के समग्र कथानक में से निकाला जा सकता है तो वह है जीवन की निष्फलता का संदेश। महाभारत के सभी पात्र, पितामह भीष्म से लेकर अभिमन्यु तक, सबकी जीवन कथा मानो दोहरा-दोहराकर जीवन की निष्फलता की ही बात कहती है। युद्ध के अंत में भी यही बात जोर देकर युधिष्ठिर भी कहते हैं। महासंहार को देखकर व्यथित युधिष्ठिर कहते हैं—जो युद्ध में मारे जा चुके हैं, वास्तव में वही युद्ध जीते हैं और जिन्होंने युद्ध जीता है वे तो जीवन में बची खाली मुट्ठी को देखने के लिए ही जीवित हैं। संक्षेप में, महाभारत एक करुणांतिका है और इसके सभी पात्रों का जीवन इस करुणांतिका की ही पुष्टि करता है। इन करुणांतिकाओं में यदि कोई शिरमौर दुर्भाग्यपूर्ण कथानक है तो वह कुंती का है। एक तरह से देखें तो कुंती महाभारत का सबसे अधिक दुर्भाग्यशाली पात्र है। सुख के साथ उसका संबंध प्राय: जल-कमलवत् ही रहा है।

कुंती के दुर्भाग्य की इस कथा का आरंभ उसके जन्म के पूर्व शुरू हो चुका था। शूरसेन यादव की वह पुत्री थी; किंतु जब वह माता के गर्भ

में थी उस समय उसका दुर्भाग्य स्वयं उसके पिता ने ही गढ़ दिया था। राजा कुंतिभोज रिश्ते में शूरसेन का दूर का भाई था। कुंतिभोज को कोई संतान नहीं थी। शूरसेन ने भाई के इस अभाव को पूरा करने के लिए, कुंती का जन्म भी नहीं हुआ था उसी समय वचन दे दिया था कि अपनी इस संतान को वह कुंतिभोज को दे देगा। इस प्रकार वह कन्या जन्म लेते ही अपने जन्मदाता माता-पिता से अलग हो गई। कुंतिभोज के यहाँ उसका विधिवत् लालन-पालन हुआ और उसे लाड़-प्यार भी मिला, यह सही है; परंतु जन्मदाता तो उसके भाग्य में नहीं ही थे। रिश्ते में वह कृष्ण की बुआ थी और एक तरह से देखें तो बुआ-भतीजे दोनों का अपने जन्मदाता से अलग पड़ जाने का दुर्दैव समान ही कहा जाएगा।

बाल्यावस्था में ही महर्षि दुर्वासा की सेवा करने का सौभाग्य उसे प्राप्त हुआ था, ऐसा सहज, ससंकोच कहा जा सकता है। महर्षि दुर्वासा की सेवा करना कोई सरल काम नहीं था। दुर्वासा महाक्रोधी ऋषि थे। बात-बात में टेढ़े पड़ जाते थे और एक बार टेढ़े हुए तो तत्काल सर्वनाश का शाप देने में भी देर नहीं लगती थी। कुंतिभोज के अतिथि के रूप में दुर्वासा एक वर्ष रहे और इस बीच कुंती ने अपनी सेवा से ऋषि को अत्यंत प्रसन्न कर दिया। यह अतिशय दुष्कर कार्य कुंती ने पंद्रह-सत्रह वर्ष की आयु में ही पूरा किया था; परंतु उसके परिणामस्वरूप उसे जो पुत्र-प्राप्ति हुई थी वह उसका महान् दुर्भाग्य बनकर जीवन के अंत तक उसे पीड़ा देता रहा। ऋषि ने कुंती को छह अभिचार मंत्र दिए। इस अभिचार मंत्र की विशेषता यह थी कि इस मंत्र द्वारा जिस देवता का अनुष्ठान किया जाय उस देवता को निर्धारित परिणाम दिए बिना छुटकारा ही नहीं। मंत्र का अनुष्ठान कभी निष्फल न जाय, यह उस अभिचार मंत्र की विशेषता थी। ऋषि ने वरदान दिया, ''तुम इन मंत्रों से जिसका अनुष्ठान करोगी वह देवता अपने अंश जैसा पुत्र तुम्हारी गोद में डाल देगा।'' कुमारी कुंती ने नासमझी में ऋषि के इन मंत्रों की परीक्षा करने के लिए सूर्यदेव का आवाहन किया और सूर्यदेव ने उसे जो पुत्र दिया वही

कर्ण था। मंत्र-शक्ति से पुत्र उत्पन्न होने की इस घटना को अलग-अलग प्रकार से समझाने का प्रयत्न हुआ है, परंतु महाभारत में मंत्र के कारण प्रकट हुए सूर्य ने कुंती के साथ शारीरिक संबंध स्थापित किया, ऐसा स्पष्ट उल्लेख है। कुंती ने प्रकट हुए सूर्य के साथ संबंध स्थापित किए बिना ही वापस अपने स्थान पर जाने की प्रार्थना की; किंतु सूर्य ने इसके लिए अपनी विवशता बताई, क्योंकि उनका प्रकट होना उस अभिचार मंत्र के कारण हुआ था और यह मंत्र-शक्ति ऐसी प्रबल थी कि फल-प्राप्ति के अतिरिक्त अब अन्य कोई विकल्प ही शेष नहीं था। इस प्रकार कौमार्यावस्था में प्राप्त मातृत्व का वरदान कुंती के लिए वस्तुतः अभिशाप ही था। मंत्र द्वारा कुंती को साक्षात् पुत्र नहीं बल्कि उससे उसके समक्ष एक महातेजस्वी पुरुष प्रकट हुआ था, जिसके साथ सामान्य स्त्री-पुरुष संबंध स्थापित करने से उसे पुत्र की प्राप्ति हुई थी।

कौमार्यावस्था में प्राप्त इस बालक को कुंती ने त्याग दिया। संतान-प्रेम पर सामाजिक प्रतिष्ठा के खंडित होने का भय हावी हो गया। मातृत्व पराजित हुआ और आत्मकेंद्रित हित विजयी हुआ। सत्यवती और कुंती दोनों ने कौमार्यावस्था में मातृत्व प्राप्त किया था, किंतु दोनों के जीवन के बीच की इस समता के बावजूद एक बहुत बड़ी विषमता यह थी कि सत्यवती के पुत्र के पालन-पोषण का उत्तरदायित्व उसके पिता पराशर ने सहर्ष स्वीकार कर लिया था और सत्यवती का कौमार्य उसे वापस मिल गया था, जबकि कुंती के कौमार्यावस्था में उत्पन्न पुत्र के पालन-पोषण का उत्तरदायित्व न पिता सूर्यदेव ने स्वीकार किया, न माता कुंती ने ही। उस बालक को जल के प्रवाह में बहने के लिए छोड़ दिया गया था। वह मरता है कि जीता है, यह देखने के लिए उसके माता-पिता ने पलटकर ताका भी नहीं। पिता कुंतिभोज या राजमहल के अन्य परिजन कुंती की इस अवस्था से अनजान रहे हों, यह संभव नहीं; परंतु महाभारत में इस विषय में कोई स्पष्टता नहीं मिलती।

युवावस्था-प्राप्त कुंती का विवाह पिता राजा कुंतिभोज ने उस

समय की स्वीकृत परंपरा स्वयंवर रचाकर करवाया। स्वयंवर में भरी सभा में कुंती ने हस्तिनापुर के राजा पांडु को पति के रूप में स्वीकार किया। इस प्रकार यह स्वेच्छा-विवाह था। पांडु से विवाह करके कुंती पितृगृह त्यागकर पति के घर आई। उसके कई वर्षों बाद पांडु ने अपनी दूसरी पत्नी माद्री से विवाह किया, महाभारत में इसका कोई स्पष्ट उल्लेख नहीं है। पांडु पराक्रमी या, समर्थ था और आर्यावर्त के अनेक राज्यों को जीतकर उसने अपार द्रव्य प्राप्त किया था। इस संपूर्ण द्रव्य को उसने भीष्म और माता सत्यवती के चरणों पर रख दिया, ऐसा उल्लेख महाभारत में है। ये वर्ष कुंती के समग्र जीवन-काल के संभवत: श्रेष्ठ वर्ष कहे जा सकते हैं। वैसे पति ने माद्री के साथ विवाह किया उसके पहले कुंती को पति के साथ जो वर्ष हस्तिनापुर के राजमहल में बिताने को मिले वही उसके जीवन के सर्वश्रेष्ठ वर्ष कहे जा सकते हैं। माद्री के आगमन के साथ ही कुंती के जीवन में सौत का भी आगमन हुआ और सौत के साथ संबंध चाहे जितने अच्छे हों, पर उसे निष्कंटक तो नहीं ही कहा जा सकता है।

माद्री के साथ पांडु का विवाह एक अलग तरह की समस्या पैदा करता है। कुंती ने स्वयंवर में पांडु का वरण किया, उसके बाद भीष्म ने पांडु का दूसरा विवाह करवाया। एक से अधिक पत्नी का होना उस युग में कोई अनहोनी घटना नहीं थी, किंतु उसी भीष्म ने धृतराष्ट्र का एक ही बार विवाह करवाया था। विदुर का भी विवाह भीष्म ने ही करवाया था और विदुर का भी एक ही विवाह हुआ था। तो फिर पांडु का दूसरा विवाह करवाने के पीछे आखिर भीष्म का क्या उद्देश्य रहा होगा, यह समझ में नहीं आता। एक यह संभावना हो सकती है कि विवाह के बाद एक निश्चित समय के बाद भी राज्य को उत्तराधिकारी प्राप्त नहीं हुआ, इसलिए भीष्म ने पांडु के दूसरे विवाह का आयोजन किया हो। यह आयोजन स्वयंवर नहीं, उस युग में प्रचलित प्रथा अपहरण भी नहीं, कन्या के पिता से विवाह के लिए उसकी माँग भी नहीं, बल्कि सीधे-

सीधे कन्या का क्रय-विक्रय था। महाभारत में बहुत ही असंदिग्ध रूप से लिखा गया है कि भीष्म ने पांडु के लिए मद्र देश के राजा की पुत्री माद्री को प्रभूत धन देकर खरीदा था। संभव है, उस युग में कन्या-विक्रय की परंपरा रही हो, किंतु माद्री किसी निर्धन या तपस्वी की पुत्री नहीं थी—मद्र देश के राजा की पुत्री थी और इस प्रकार का कन्या क्रय-विक्रय का अन्य कोई उदाहरण रजवाड़ों में मिलता नहीं। स्मरण रहे, आगे चलकर महाभारत में ऐसे भी उल्लेख मिलते हैं कि कुंती को माद्री के यौवन और सौंदर्य तथा उसके अन्य सौभाग्य से ईर्ष्या थी। दोनों के बीच बाहर से अच्छे संबंध थे और पांडु का दोनों पत्नियों के साथ वैवाहिक जीवन सरलता से व्यतीत होता दिखाई देता था।

कुंती के वैवाहिक जीवन का धूप-छाँहवाला सुख कितने वर्षों तक टिका होगा, इसकी सही गणना नहीं की जा सकती। इसके तत्काल बाद महाराज पांडु वन-विहार के लिए हिमालय के अरण्य में जाना निश्चित करते हैं। यह वन-विहार, जिसे आज हम 'पिकनिक' कहते हैं, ऐसा कोई पर्यटन नहीं लगता, क्योंकि हिमालय के अरण्यों में वे अपनी दोनों पत्नियों के साथ वास करने गए थे, ऐसी स्पष्टता महाभारत में है। अभी तक उन्हें पुत्र-प्राप्ति नहीं हुई थी और विजयों से उन्हें यश प्राप्त हुआ था। ऐसे में अचानक हस्तिनापुर छोड़कर अरण्यवास करने क्यों गए, यह प्रश्न अनुत्तरित है। स्त्री संग करने से उनकी मृत्यु हो जाएगी, यह शाप तो उन्हें इसके बाद अरण्यवास के दौरान लगा था। अरण्यवास में भी वे कोई आश्रम जीवन या तपस्वी जीवन नहीं व्यतीत करते। मृगया खेलने जैसा राजसी शौक वे यहाँ भी जारी रखते हैं। हस्तिनापुर से उनकी सेवा और उपभोग के लिए दास-दासियों और सामग्री का प्रवाह जारी रहता है। यदि ऐसा ही था तो यह वनवासी जीवन जीने का निर्णय लेने के पीछे क्या कारण था, यह प्रश्न अनुत्तरित रह जाता है। अरण्यवास के दौरान ही मृगया खेलते-खेलते पांडु के हाथों भूलवश किंदम ऋषि की हत्या हो गई। किंदम ऋषि मृग-रूप धारण करके एक मृगी के साथ

मैथुनावस्था में थे तो पांडु ने उसका शिकार किया। पांडु को शापित कर सकने का सामर्थ्य रखनेवाला ऋषि इस तरह मृग-रूप धारण करके मैथुन करता है और उसका यह कारण दरशाता है कि लोगों की दृष्टि से बचने के लिए मैंने मृग-रूप धारण करके यह कृत्य किया था। पांडु ने उनकी हत्या की, उस समय वे मैथुनावस्था में थे, इसलिए उन्होंने पांडु को शाप दिया कि इसके बाद वे कभी मैथुनावस्था नहीं प्राप्त कर सकेंगे और यदि ऐसा करेंगे तो तत्काल उनकी मृत्यु हो जाएगी। इस प्रकार अपुत्रावस्था में ही पुत्र-प्राप्ति के लिए अकाल असमर्थ हो गए।

अपनी इस असमर्थता की बात असहाय राजा अपनी दोनों पत्नियों को बताता है। अब पुत्र-प्राप्ति संभव नहीं। अभी तक हस्तिनापुर का राजा पांडु ही है। पति भूल से भी यदि ऋषि के शाप को दुर्लक्ष करेगा तो उसकी मृत्यु हो जाएगी और यदि ऐसा हुआ तो हस्तिनापुर के राज्य में कुंती तो सदैव के लिए धृतराष्ट्र की आश्रिता ही बन जाएगी, यह निर्विवाद सत्य वह बराबर समझती थी। इस संभावना को टालने के लिए वह खुद तो सतर्क थी, किंतु माद्री छोटी थी, युवा थी, कहीं संयम टूट न जाए, इसके लिए वह माद्री को सदैव चेताया करती थी और पति के साथ कभी एकांत न मिले, इसके लिए सजग रहती थी। इसके बावजूद भावी ने अपना काम किया ही। एक बार कुंती की अनुपस्थिति में पांडु और माद्री को एकांत मिल ही गया। इस एकांत ने उन दोनों के संयम का बाँध शिथिल कर दिया। सिर पर लटकते मृत्यु के भय से शरीर द्वारा प्राप्त होता क्षणिक सुख अधिक बलवान सिद्ध हुआ।

परंतु मृत्यु के पूर्व पांडु पाँच पुत्रों का पिता बन चुका था। किंदम ऋषि के शाप के पश्चात् पांडु ने पत्नी को पुत्र-प्राप्ति के लिए नियोग पद्धति स्वीकार करने के लिए कहा। नियोग पद्धति अर्थात् अन्य योग्य पात्र द्वारा मात्र पुत्र-प्राप्ति के लिए ही होनेवाला विधिवत् संयोग। उस युग के लिए, और विशेष रूप से कुरुवंश के लिए, यह कोई नई बात नहीं थी। कुंती अन्य पुरुष द्वारा ऐसा कर नहीं सकती थी, विशेष रूप से

पांडु जैसे समर्थ पति के जीवित रहते ऐसा किया नहीं जा सकता, ऐसा कहती है। इसके बाद दुर्वासा द्वारा दिए मंत्र की बात आती है। पांडु द्वारा पुत्र प्राप्त होगा नहीं और अन्य पुरुष के साथ संबंध कुंती के लिए अधर्म्य है। ऐसी स्थिति में कुंती इस अभिचार मंत्र को स्मरण करती है। पर पति की आज्ञा होने पर ही वह मंत्रोपचार करेगी, ऐसा वह कहती है। पांडु की आज्ञा प्राप्त करने के बाद कुंती ने धर्मराज का अनुष्ठान करके जो पहला पुत्र प्राप्त किया वह युधिष्ठिर था। एक अत्यंत सूचक बात यह है कि इस अनुष्ठान के समय कुंती पांडु की बाईं ओर खड़ी रहती है। धर्म का यह पहला पुत्र धर्मिष्ठ, तेजस्वी और यशस्वी हो, किंतु शक्ति का स्रोत न हो तो क्षात्रधर्म का क्या होगा? यह सोचकर शक्तिशाली पुत्र के लिए पांडु दूसरी बार कुंती को वायुदेव का अनुष्ठान करने के लिए कहता है। वायुदेव के इस अनुष्ठान के परिणामस्वरूप वृकोदर भीम का जन्म होता है। इस प्रकार धर्म और शक्ति दोनों संपन्न करने के बाद पांडु एक और पुत्र की कामना करता है। यह पुत्र 'लोकश्रेष्ठ' हो, ऐसी उसकी इच्छा है। कुंती उसकी यह इच्छा भी पूरी करती है और एक वर्ष तक इंद्र की आराधना करके अर्जुन को पुत्र के रूप में प्राप्त करती है। ये सभी पुत्र मंत्र द्वारा हुए हैं, किंतु कोई 'रेडीमेड' नहीं हैं। वैसे यह भी एक प्रकार से नियोग पद्धति ही है।

इसके बाद माद्री के मन में अशांति पैदा हुई। सौत कुंती को तीन-तीन पुत्र प्राप्त हों और वह कभी मातृत्व धारण न करे, इस दुःख के साथ उसने पति से कहा, ''हम दोनों आपके मन से समान होनी चाहिए। मेरी सौत कुंती के तीन पुत्र हों और मुझे एक भी नहीं, यह आपके लिए धर्म्य नहीं। मुझे भी पुत्र प्राप्त हों, इसके लिए आपको कुछ करना चाहिए।'' यह 'कुछ' क्या है, इसे स्पष्ट करते हुए माद्री ने तत्काल कहा, ''कुंती अभी और मंत्र भी जानती है। मेरे कहने से वह मेरे लिए आराधना नहीं करेगी। आप ही उसे आज्ञा देकर मुझे पुत्रदान करें।'' यहाँ माद्री जो कहती है वह कुंती और माद्री के बीच के संबंधों को रेखांकित करती है।

दोनों के बीच के संबंधों में ईर्ष्या और अविश्वास स्पष्ट रूप से दिखाई देता है। इसके बाद महाराज पांडु के कहने से कुंती ने पुनः एक बार माद्री द्वारा यह मंत्रोपचार करके अश्विनीकुमारों द्वारा जो दो पुत्र प्राप्त किए वे सहदेव और नकुल थे।

इस प्रकार पांडु ने जिन पाँच पुत्रों का पितृत्व प्राप्त किया उनमें से एक भी पुत्र में कुरुवंश के रक्त की बूँद भी नहीं बहती थी। वे पाँचों पुत्र भले ही अति समर्थ और तेजस्वी रहे हों, भले ही वे उत्तम और देवांशी रहे हों, किंतु कुरुवंशी तो निश्चित रूप से नहीं थे। ये मंत्रोपचार निश्चित ही शारीरिक संबंध हैं, यह बात अत्यंत विस्तारपूर्वक सूर्य के साथ कुंती के संबंध में कर्ण के जन्म के समय महाभारत में कही जा चुकी है। इसके बाद पाँच पुत्रों की प्राप्ति के समय इतने विस्तार से इस शरीर-संबंध का वर्णन नहीं किया गया है, किंतु हर बार ऐसा करना आवश्यक भी नहीं। सूर्य के संबंध में इसका संकेत दिया ही जा चुका है।

इन पाँच पुत्रों के जन्म के बाद पांडु ने कुछ समय सुखपूर्वक व्यतीत किया, ऐसा उल्लेख है। इसका अर्थ यह हुआ कि पुत्रों का पालन-पोषण पांडु की देख-रेख में हुआ है। उसके बाद माद्रीवाला प्रसंग घटित होता है। माद्री के साथ काल-प्रेरित राजा संबंध कर बैठता है और तत्काल उसकी मृत्यु हो जाती है। राजा का मृत शरीर अभी भूमि पर पड़ा है। उस समय कुंती रोते-रोते माद्री से जो वाक्य कहती है, उसमें बहुत ही सुंदर ढंग से उसके मन की अतृप्ति उजागर होती है। उसने माद्री से कहा, "माद्री, तू धन्य है। काम-सुख से तृप्त हुए पति के चेहरे को तू देख सकी।" इसका अर्थ क्या यह है कि कुंती के जीवन में, पति के जीवन में काम-सुख देने का प्रसंग कभी बना ही नहीं? पति भले ही मृत्यु को प्राप्त हुआ, परंतु मृत्यु के समय काम-सुख के कारण प्रसन्नचित्त तो रहा ही होगा, कुंती की यह विभावना आश्चर्य पैदा करनेवाली है।

राजा पांडु की मृत देह के साथ सती होने का प्रथम प्रस्ताव कुंती करती है। उसने कहा, "मैं बड़ी हूँ, इसलिए पति के साथ प्रयाण करना

मेरा धर्म है।'' परंतु माद्री कुंती के इस विचार का विरोध करते हुए कहती है, ''देवी! पति की मृत्यु मेरे कारण हुई है। यदि मैं जीवित रहूँगी तो यह अपवाद मेरे साथ जीवन भर रहेगा। यमलोक में पति का साथ देना ही अब मेरा धर्म है।'' यह कहकर माद्री ने पांडु के साथ सती होना निश्चित किया। सती होने की अन्य कोई घटना समग्र महाभारत में अन्यत्र कहीं नहीं मिलती।

पांडु और माद्री के स्वर्ग-गमन के बाद तत्काल ही कुंती पाँचों पुत्रों को लेकर हस्तिनापुर वापस लौट आई। हस्तिनापुर में इस घटना से सभी अनजान थे। अपने पुत्रों को लेकर कुंती अकेले ही अपने घर नहीं आई। कई ऋषि भी उसे पहुँचाने आए हैं और इन पाँचों पुत्रों का परिचय राजगृह में ऋषि इस प्रकार देते हैं—''किन्हीं दिव्य कारणों से इनका जन्म हुआ है।'' यहाँ एक शंका होती है कि पांडु की असमर्थता से राजकुल अवगत था और ऐसी स्थिति में कुंती के चरित्र पर संदेह करके कुरुवंश यदि इन पाँच पुत्रों को स्वीकार न करे तो महा अनर्थ होगा, यह सोचकर इन ऋषियों ने, जिनके वचन का मूल्य हस्तिनापुर के राजमहल में भी ऊँचा आँका जाता था, 'ये पांडु पुत्र हैं' कहकर मानो इस बात की साक्षी दी है। यह तो एक संशय मात्र है और इसका कारण माता कुंती के बदले ऋषि ही परिचय देते हैं, यही है। अन्यथा पांडु के अरण्यवास में हस्तिनापुर के दास-दासी उनके साथ थे और हस्तिनापुर के साथ निश्चित रूप से उनका संपर्क भी था। ऐसी स्थिति में पाँच-पाँच पुत्र जनमें और इतने वर्ष निकल जाएँ, फिर भी हस्तिनापुर में इन पुत्रों के जन्म से कोई अवगत न हो, पहली नजर में गले न उतरे—ऐसी बात है।

यहीं से माता कुंती की कठिन परीक्षा का आरंभ होता है। इतने वर्षों से राजमहल से वह अलग पड़ गई थी। राजमहल छोड़कर जब उसने पति के साथ वनवास स्वीकारा था तो वह राजरानी थी। अब जब वह अपने घर वापस आई है तो राजरानी तो छोड़िए, राजमाता भी नहीं रही। सिंहासन पर राज्यारोहण के बिना ही महाराज धृतराष्ट्र बैठ गए हैं।

अब वह हस्तिनापुर के राजमहल में आश्रित होकर रहे, ऐसे संयोग उपस्थित हो गए हैं। कुंती अब पाँच पुत्रों के पालन-पोषण की जिम्मेदारी के साथ अनाथ बन गई है। पांडु-पुत्रों की जन्मकथा कुरुवंश के लिए गौरवास्पद तो थी नहीं और यह बात कुंती जितना समझती है, भीष्म आदि वरिष्ठ जन और दुर्योधन आदि पुत्र भी जानते हैं। इस वास्तविकता पर सभी ने तत्काल परदा डाल दिया है। पर इसके कारण ही भविष्य प्रश्नार्थ चिह्न बन गया है, यह भी सब जानते हैं। धृतराष्ट्र के मन में आज तक यही था कि पांडु तो पुत्रहीन अवस्था में ही मृत्यु प्राप्त करेगा, इसलिए अब हस्तिनापुर का राज्य वे और उनके पुत्र ही निष्कंटक भोगेंगे। पर यह धारणा गलत सिद्ध हुई। मन-ही-मन जो विचार घुमड़ रहे थे वे अभी प्रकट नहीं हुए थे, परंतु महर्षि व्यास चित्त के इस चक्र को अच्छी तरह जान गए थे। उसी समय वे माता सत्यवती से कहते हैं, "माता! सुख के दिन अब पूरे हो गए हैं। अब इसके बाद का समय बहुत कठोर है। पृथ्वी का यौवन अब पूरा हुआ है। अब जो घटित होने वाला है, उसमें से आप मुक्त हो जाइए।" व्यास का यह कथन बहुत ही सूचक है। महाभारत की विशेषता ही यही है कि इसका सर्जक तटस्थ भाव से मात्र कथा का आलेखन ही नहीं करता वरन् कथा के प्रसंगों के साथ-साथ स्वयं भी उसमें योगदान करता है। यह योगदान कहीं आलेखित नहीं हुआ है, नितांत तटस्थ रहा है, यह भी सर्जक और सर्जन की विशिष्ट सिद्धि है।

इन्हीं परिस्थितियों में पहले कुलगुरु कृपाचार्य की देखरेख में और उसके बाद आचार्य द्रोण के मार्गदर्शन में पांडवों और कौरवों का विद्याभ्यास शुरू हुआ। विद्याभ्यास की अवधि बहुत लंबी नहीं रही होगी और विद्याभ्यास पूरा होने तक ये सभी राजकुमार लगभग बीस वर्ष के आस-पास तरुण अवस्था में पहुँच गए होंगे, ऐसा अनुमान किया जा सकता है। विद्याभ्यास के अंत में गुरु द्वारा आयोजित प्रथम सार्वजनिक परीक्षा कुंती के जीवन का एक अतिशय कठिन क्षण था। परीक्षा तो

राजकुमारों की थी, पर एक प्रकार से रंगमंडप से दूर स्त्रियों के साथ बैठी कुंती ही परीक्षा दे रही थी।

रंगमंच पर से अर्जुन श्रेष्ठ धनुर्धर के रूप में प्रतिष्ठापित हुआ तो कुंती सहज रूप से मन-ही-मन प्रसन्न होती है। प्रसन्नता के उसी क्षण में कर्ण रंगमंच पर अवतरित हुआ और अर्जुन ने धनुर्विद्या के जिन प्रयोगों द्वारा अपना स्थान ऊँचे आसन पर स्थापित किया था वे सभी प्रयोग कर्ण ने उतनी ही सफलता से करके दिखा दिए। जन्म लेते ही कुंती ने कर्ण को त्याग दिया था और उसके बाद पहली बार वह शिशु से युवा बने अपने पुत्र को देख रही थी। माता और पुत्र दोनों इतने वर्षों से हस्तिनापुर में बसे थे और कर्ण अपने पालक पिता अधिरथ को गंगा के प्रवाह में बहता हुआ मिला था, यह बात कुंती जानती थी। कर्ण का जन्म कवच-कुंडल के साथ हुआ था। कवच-कुंडल के साथ जन्म लेने की यह घटना किंचित् उलझन पैदा करनेवाली बात है। सामान्यत: यह संभव नहीं। इस संबंध में एक स्पष्टीकरण यह किया गया है कि पुत्र को जल-प्रवाह में डालने के समय ही कुंती ने उसके राजचिह्न कवच और कुंडल उसके साथ ही रखे थे, ताकि यदि उसका किसी के यहाँ लालन-पालन हो तो उसका राजवंशी लक्षण प्रकट हो। हस्तिनापुर में अधिरथ को पुत्र मिलने की बात सब जानते थे और कुंती भी उससे अनजान कैसी रह सकती थी। ऐसा होते हुए भी इस पुत्र को देखने का भी उसके लिए यह पहला प्रसंग था। अपने एक पुत्र अर्जुन को युद्ध के लिए ललकारते अपने दूसरे पुत्र कर्ण को देखकर कुंती मूर्च्छित हो गई थी, ऐसा उल्लेख महाभारत में है। अर्जुन पांडु और कुंती का राजपुत्र है, ऐसा कहकर कुलगुरु कृपाचार्य ने कर्ण से अपना कुल बताने के लिए कहा तो कर्ण लज्जित हो गया। वह सारथि अधिरथ का पुत्र है, यह जानकर भीष्म उसका अपमान करते हैं, उसे दुत्कारते हैं। सारथि-पुत्र के साथ राजपुत्र की तुलना नहीं हो सकती, यह कहकर कृपाचार्य उसे चले जाने के लिए कहते हैं। यह सबकुछ माता कुंती की आँखों के सामने होता है। उसका

हृदय फट जाता है। वह बेहोश हो जाती है, किंतु सत्य उसके होंठों से प्रकट नहीं होता। कुल को बचाने के लिए अपने कौमार्य-भंग की लज्जाजनक कथा माता सत्यवती ने अपने मुख से पुत्र भीष्म को बताई थी। कुंती भी एक ऐसे ही क्षण में जी रही थी, पर यहाँ वह सत्यवती का अनुसरण नहीं कर सकी।

उसका पुनरावर्तन यदि उसने किया होता तो—

□

# कुंती-२

—तो महाभारत की कथा का समग्र स्वरूप ही बदल गया होता!

कुरुक्षेत्र के युद्ध में पांडव पक्ष में संचालन-बल कृष्ण थे। कृष्ण ने हाथ में शस्त्र नहीं लिया था। प्रत्यक्ष रूप से वे युद्ध से दूर रहे थे, तथापि पांडवों के लिए कृष्ण ही युद्ध के संचालन-बल थे। इसी तरह कौरव पक्ष में मुख्य सेनानी भले ही भीष्म या द्रोण रहे हों, किंतु मुख्य संचालन-बल कर्ण ही था। दुर्योधन को जो विश्वास और श्रद्धा कर्ण के लिए थी वह भीष्म या द्रोण के लिए नहीं थी। कारण स्पष्ट है—भीष्म और द्रोण निस्संदेह कर्ण की तुलना में अधिक श्रेष्ठ योद्धा थे, परंतु उन दोनों के मन में पांडवों के लिए प्रेम-भावना थी, यह किसी से अज्ञात नहीं था। शत्रु के प्रति कोमल भावना रखकर युद्ध लड़नेवाला भले अपनी पूरी शक्ति से लड़े, तो भी उस लड़ाई में नैतिक बल नहीं होता। कर्ण ही एक ऐसा योद्धा था जो पांडवों से, और विशेष रूप से अर्जुन के प्रति, दुर्योधन से भी अधिक वैर और द्वेष रखता था। ऐसी स्थिति में कर्ण कौरव पक्ष में सर्वाधिक श्रद्धेय सेनानी था। दुर्भाग्य से युद्ध के आरंभ के दस दिन कर्ण युद्धभूमि से दूर रहा, पर दुर्योधन की असली शक्ति तो वही था।

हस्तिनापुर के रंगमंडप में जब कर्ण ने अर्जुन को चुनौती दी और कृपाचार्य ने कर्ण को, ''तुम सारथिपुत्र हो, इसलिए तुम्हारे साथ राजपुत्र

नहीं लड़ेगा।'' यह कहकर अपमानित करके बैठा दिया तो उस समय कुंती यह दृश्य देख रही थी और बाद में बेहोश भी हो गई थी, यह सही है; किंतु यदि उसने उस समय कर्ण का अपने पुत्र के रूप में वास्तविक परिचय दिया होता तो निश्चित ही पांडव पाँच के स्थान पर छह हुए होते और कर्ण पांडवों के बड़े भाई के रूप में सम्मानित होकर राज्य भी प्राप्त करता! किंतु ऐसा नहीं हुआ, इसलिए वह कौरव पक्ष में गया और वह भी पांडवों के प्रति मन में वैर और द्वेष छलाछल भरकर गया। महायुद्ध के कारणों का विश्लेषण करते समय इस मुद्दे को भी ध्यान में रखना चाहिए। जिस भावी विनाश को सत्यवती देख सकी और वनवासी हुई, उस विनाश को कुंती नहीं देख सकी।

लज्जा और प्रतिष्ठा के भय से कुंती अपने कौमार्य-भंग की बात उस समय भले उजागर नहीं कर सकी—वह राजपुत्री थी और राजपुत्री के लिए ऐसा स्खलन स्वीकार करना कठिन काम था। सत्यवती अपने स्खलन की बात पुत्र भीष्म को बताने का साहस दिखा सकीं, क्योंकि वे निषादराज की पुत्री थीं, राजपुत्री नहीं।

परंतु कुंती का दुर्भाग्य यह है कि जो बात उसने पुत्रों से छुपाई थी वही बात महायुद्ध के अंत में उन्हीं पुत्रों को बतानी पड़ी। जिस काम को पहले करके कुंती महासंहार को समूलतः टाल सकती थी, वही काम उसने महासंहार के अंत में हिचकियाँ भरते हुए किया। युद्ध में मारे गए परिजनों को जब युधिष्ठिर और उनके भाई जलांजलि देकर तर्पण कर रहे थे तो स्वयं कुंती ने ही अपने पुत्रों से कह दिया, ''एक अंजलि कर्ण के नाम पर भी दो।'' और उसी समय आश्चर्यचकित पुत्रों के समक्ष कुंती अपनी कौमार्यावस्था की कथा कह देती है। यह सुनकर व्यथित युधिष्ठिर ने सच ही कहा है, ''माता! यह बात आपने पहले कही होती तो यह युद्ध ही न होता।'' पर भवितव्य को कौन रोक सका है!

पांडु की मृत्यु के बाद अरण्यवास से वापस लौटकर हस्तिनापुर में किशोर वय के पुत्रों के साथ वास कर रही कुंती सतत भय की छाया

में जी रही हो, ऐसा लगता है। जेठ धृतराष्ट्र के चित्त में क्या है, कुंती उससे अनजान नहीं। धृतराष्ट्र के पुत्र पांडु-पुत्रों के साथ जो व्यवहार करते हैं, उसमें भी कोई भाईचारा नहीं। भीष्म, विदुर, गांधारी आदि का सहारा अवश्य है; किंतु दिन-प्रतिदिन हस्तिनापुर में एक के बाद एक ऐसी घटनाएँ घटती जाती हैं कि पांडु-पुत्रों और धृतराष्ट्र-पुत्रों के बीच वैमनस्य बढ़ता जाता है। यह वैमनस्य कुंती के लिए भारी चिंता का विषय है। धृतराष्ट्र तो पांडु का राज सँभाल रहा था—वास्तविक राजा वह नहीं था। आज की भाषा में कहें तो वह 'केयर टेकर' राजा था। युवराज तो अब युधिष्ठिर को ही घोषित करना चाहिए, क्योंकि पांडु का ज्येष्ठ पुत्र वही था; परंतु धृतराष्ट्र यह काम किसी-न-किसी बहाने टालता जाता है, जिससे कुंती की चिंता बढ़ती जाती है।

इस बीच राजकुमारों का विद्याभ्यास पहले कुलगुरु कृपाचार्य के पास और फिर आचार्य द्रोण के पास हो, ऐसी व्यवस्था पितामह भीष्म ने कर दी। विद्योपार्जन का कार्य पूरा होने के कुछ ही समय बाद लाक्षागृह की घटना होती है। सभी राजकुमार युवावस्था प्राप्त कर चुके थे और उस क्षण एक समझ में न आए, ऐसी समस्या यह है कि न तो पिता धृतराष्ट्र ने और न ही पितामह भीष्म ने राजकुमारों के विवाह के विषय में एक भी शब्द उचारे। अब आगे का इन वरिष्ठों का काम राजकुमारों के लिए योग्य कन्याओं की खोज करना था; पर चित्रांगद या विचित्रवीर्य के लिए कन्या ढूँढ़ लानेवाले भीष्म भी अब इस मुद्दे पर पूर्णतः निरपेक्ष रहे हैं। माता गांधारी, माता कुंती या विदुर काका भी राजकुमारों के विवाह की बात कहीं नहीं करते।

वारणावत नगरी में लाक्षागृह का निर्माण करके दुर्योधन ने पांडवों को माता कुंती के साथ ही वहाँ आमोद-प्रमोद के बहाने रवाना किया। योजनानुसार इस लाक्षागृह को एक तरह से जला दिया जाना था, जिससे कुंती और उसके पुत्र आग में जलकर भस्म हो जाएँ और कौरव निष्कंटक राज भोगें। विदुर के सतर्क कानों ने दुर्योधन का यह षड्यंत्र सुन लिया

था, इसलिए उसने पांडवों को लाक्षागृह में जाने के पहले सचेत कर दिया था। ज्येष्ठ पिता धृतराष्ट्र की आज्ञा पर पांडव वारणावत गए, क्योंकि धृतराष्ट्र की आज्ञा का उल्लंघन करने से धृतराष्ट्र तो नाराज होता ही, कौरव भी सचेत हो जाते और शत्रुता उभरकर सामने आ जाती। अभी तक उनके बीच का वैमनस्य खुलकर नहीं आया था। शत्रु को अँधेरे में रखने के लिए पांडव वारणावत गए, पर वे दुर्योधन के षड्यंत्र से सजग व सचेत थे।

वारणावत में लाक्षागृह में अग्नि प्रकट होने की घटना की पृष्ठभूमि में कुंती का एक सबल और एक निर्बल पक्ष प्रकट होता है। कुंती राजपुत्री थी, राजरानी थी। कौशल्य और कुटिलता से वह अनजान नहीं हो सकती थी। उसके ये दोनों ही गुण वारणावत की घटना में दिखाई देते हैं। एक वनवासी स्त्री को उसके पाँच पुत्रों के साथ लाक्षागृह में भोजन के निमित्त बुलाकर मद्यपान कराया और मद्य की मदहोशी में जब वे छह निर्दोष प्राणी निद्राधीन हो गए तो कुंती और पांडव स्वयं लाक्षागृह में आग लगाकर सुरक्षित बाहर निकल गए। भस्म हुए महल में जो मृत देह मिलीं वे जलकर इतनी विकृत हो गई थीं कि उन्हें पहचाना जाना असंभव था, इसीलिए सबने मान लिया कि कुंती और उसके पाँचों पुत्र लाक्षागृह में जलकर मर चुके हैं। यह आयोजन कुंती का था। यहाँ अपने पुत्रों को सुरक्षित रखनेवाली माता का दर्शन होता है, परंतु इसी के साथ अपनी सुरक्षा के लिए निर्दोष व्यक्तियों के प्राण लेते समय तनिक भी हिचक अनुभव न करती कुटिल राजनीति के भी दर्शन होते हैं।

इस कुटिलता के कलंक को धो डालनेवाला एक श्रेष्ठ प्रसंग भी उसके तत्काल बाद आता है। लाक्षागृह से भागकर गुप्त वेश में भटक रहे पांडव और माता कुंती एकचक्रा नगरी में रात बिताने के लिए रुके। एक ब्राह्मण के घर में वे अतिथि बने। उसी समय बकासुर का प्रसंग आता है। बकासुर और एकचक्रा नगरी के नगरजनों के बीच यह तय हुआ था कि प्रतिदिन हर घर से एक व्यक्ति बारी-बारी से उसके भोजन के लिए भेंट

किया जाएगा और इसके बदले बकासुर एकचक्रा नगरी का रक्षण करेगा। इस करार के अनुसार जिस दिन कुंती और उसके पुत्र उस ब्राह्मण के अतिथि बने उसके अगले दिन उसके ही परिवार के किसी सदस्य को बकासुर का भोजन बनने की बारी थी। ब्राह्मण परिवार के लिए यह शोक का अवसर था।

उस समय कुंती उस परिवार से कहती है, ''आपके बदले मेरा एक पुत्र बकासुर के पास जाएगा।'' एक श्रेष्ठ निर्णय के साथ पुत्र के सामर्थ्य पर एक भव्य श्रद्धा का दर्शन यहाँ होता है। युधिष्ठिर तो माता के इस निर्णय से हतप्रभ रह जाता है; पर कुंती भीम से कहती है, ''पुत्र, हम यहाँ अतिथि हैं। ब्राह्मण की रक्षा करके नगरी को भयमुक्त करना हमारा कर्तव्य है।'' भीम की शक्ति पर कुंती को अटूट विश्वास है। माता की आज्ञा से ही भीम बकासुर के पास गए और उसका संहार किया। यहाँ कुंती की श्रद्धा के साथ ही उसके चरित्र का एक श्रेष्ठ पक्ष भी प्रकट होता है। कुछ भी हो, पर वह एक माँ थी और पुत्र की शक्ति में उसे चाहे जितना विश्वास हो, पर सामना पूरी नगरी को भयाक्रांत करनेवाले प्रचंड राक्षस से था, इसलिए युद्ध का परिणाम अन्यथा भी हो सकता था। यह जोखिम कुंती ने उठाया और इस तरह एक उत्तम पाठ उसने अपने पुत्रों को सिखाया।

इसके बाद का घटनाक्रम बहुत तेजी के साथ घूमता रहा है, पर इसके विस्तार में हम बहुत नीचे नहीं उतरेंगे। द्रौपदी स्वयंवर में पांडव प्रकट हुए और हस्तिनापुर राज्य का विभाजन करके भीष्म ने उन्हें खांडवप्रस्थ का प्रदेश सौंपा। यह राज्य भी पांडवों ने द्यूत में गँवा दिया और एक बार फिर उन्हें भिक्षुक बनकर तेरह वर्ष का अरण्यवास झेलना पड़ा। पहले और दूसरे अरण्यवास में कुंती उनके साथ थी और अब तीसरे अरण्यवास में द्रौपदी उनके साथ है। माता अब वृद्ध हुई हैं। अरण्य के कष्ट अब उनसे सहन नहीं होंगे, इसलिए पांडवों ने उन्हें हस्तिनापुर में ही रहने के लिए कहा; किंतु वह हस्तिनापुर के राजमहल में नहीं

रहना चाहती। जिस राजमहल में वह विधिवत् रानी थी और राजमाता हो सकती थी, अब उसी महल में पराजित पुत्रों से अलग पड़ी असहाय नारी के रूप में रहना उसे सह्य नहीं था। वह विदुर के घर में रहती है। अपना कह सके, एक घर भी उसके पास नहीं बचा। इन तेरह वर्षों में उसने कैसी कठिन वेदना सही होगी, इसका चित्रण महाभारतकार ने नहीं किया है। पर इसकी झाँकी तेरह वर्ष के अंत में जब कृष्ण समाधान के अंतिम प्रयास के रूप में हस्तिनापुर आते हैं, तब दिखाई देती है।

तेरह वर्ष का वनवास पूरा होने के बाद पांडवों ने अपने राज्य की माँग की। दुर्योधन ने इनकार कर दिया। अब युद्ध ही एकमात्र विकल्प बचा था। युद्ध का अर्थ निश्चित महासंहार था। इस महासंहार से समग्र आर्यावर्त को उबार लेने में अंतिम प्रयास के रूप में स्वयं कृष्ण दूत बनकर हस्तिनापुर आए। कृष्ण के माध्यम से युधिष्ठिर ने राज्य न सही, पाँचों भाइयों के लिए मात्र पाँच गाँव भी दुर्योधन दे तो उसे स्वीकार करके युद्ध टालने का प्रयास किया है। कृष्ण हस्तिनापुर आकर विदुर के घर बुआ कुंती से मिलते हैं तो कुंती कृष्ण के समक्ष—उसका संपूर्ण धैर्य चुक गया हो, इस तरह ढह पड़ती है। वह रोती है। अपने दुर्भाग्य को वह यहाँ पहली बार कोसती है। कृष्ण उसे सांत्वना देते हैं और तत्काल कुंती स्वस्थ भी हो जाती है। इस स्वस्थ स्थिति में उसका क्षत्राणी का रूप तत्काल प्रकट होता है। युधिष्ठिर युद्ध का निवारण करने के लिए और समाधान के लिए अत्यंत उत्सुक है, यह जानकर कुंती सिर से पाँव तक काँप उठती है। कृष्ण से वह क्रोधपूर्वक कहती है, ''कृष्ण, युधिष्ठिर से कहिएगा कि वह क्षत्राणी का पुत्र है, ब्राह्मण का नहीं।'' सनसनाते चाबुक जैसा है यह संदेश। पाँच गाँव लेकर समझौता करने की वृत्ति ब्राह्मण-वृत्ति है, यह क्षत्रिय-धर्म नहीं, ऐसा स्पष्ट आदेश है। क्षत्रिय तो धर्म और अधिकार के लिए लड़ता है, सुलह नहीं करता। पुत्रवधू द्रौपदी को भी कुंती संदेश देती है, ''पुत्री! तेरे दुःख के दिन अब समाप्त हुए और जिन्होंने तुम्हें रुलाया है, अब वे रोने वाले हैं।'' अर्जुन और भीम

को वह राजरानी विदुला की कथा याद दिलाती है। विदुला का पुत्र युद्ध में परास्त होकर हतोत्साहित हो गया तो विदुला ने पुत्र से जो कहा था उसे कुंती यहाँ अक्षरशः दोहराती है और कृष्ण से कहती है—मेरे पुत्रों को यह याद दिलाना। विदुला ने पुत्र से कहा था—'पुत्र! तू हीनता-ग्रंथि से क्यों ग्रस्त है? तू इस थोड़े से संतुष्ट होकर युद्ध से निवृत्त होने की बात क्यों करता है? तू नंदन है और नंदन का अर्थ है—आनंद। जो पुत्र माता-पिता को आनंद दे, उसे ही नंदन कहा जाता है। तू अनंदन क्यों बन रहा है? लंबे समय तक सुलगती रहती अग्नि की तुलना में एक क्षण के लिए लपट बनकर प्रकट होती अग्नि सहस्र गुना अच्छी! जिनमें पराक्रम या उत्साह नहीं, ऐसे पुत्रों की जनेता (माता) बनने से पुत्रहीन रहना अधिक अच्छा होता है! राजकुल तो दूसरों को आश्रय देता है, दूसरों का आश्रित बनकर जीना उसे पसंद नहीं। अब यदि दूसरों का आश्रित होकर ही मुझे जीना होगा तो मैं अपने जीवन का त्याग करना अधिक पसंद करूँगी।''

सनसनाते तीर जैसे ये प्रहार और कुछ नहीं, कुंती के अंतर की वेदना है। तेरह-तेरह वर्षों से जो आक्रोश उसने अब तक अपने अंतर में संचित करके रखा था, वह सारा-का-सारा बलवतर होकर इस अवसर पर प्रकट हो जाता है। कहने की आवश्यकता नहीं कि यह सुनकर पांडवों की समाधान-वृत्ति एक पल के लिए भी टिक नहीं सकती थी!

परंतु कुंती के यह सब कहने का वास्तविक रहस्य तो कथा के अंतिम चरण के निकट आने पर प्रकट हुआ है। महायुद्ध हुआ, कौरवों का विनाश हुआ और युधिष्ठिर हस्तिनापुर के सिंहासन पर आरूढ़ हुए। उसके बाद पूरे पंद्रह वर्ष वृद्ध धृतराष्ट्र और गांधारी के साथ कुंती हस्तिनापुर के राजमहल में रही। पंद्रह वर्ष के बाद धृतराष्ट्र ने जब शेष जीवन अरण्यवास में बिताने का निर्णय लिया तो कुंती ने भी हस्तिनापुर छोड़कर गांधारी के साथ अरण्यवास के एकांत में रहने जाने का निर्णय लिया। हस्तिनापुर के राजमहल में बिताए धृतराष्ट्र के ये पंद्रह वर्ष कोई सुख के वर्ष नहीं थे। भीम, नकुल, सहदेव—ये सब अंधे वृद्ध धृतराष्ट्र

को आएदिन ताने मारा करते थे और पुराने दिनों में वे जैसे अपमानित हुए थे उसकी धृतराष्ट्र को याद दिलाते थे। धृतराष्ट्र के लिए अब अरण्यवास ही इष्ट था और गांधारी उसका अनुसरण करे, यह भी तार्किक था। पर इस अवसर पर कुंती जो कुछ कहती है उससे उसका बड़प्पन प्रकट होता है। वह कहती है, ''ज्येष्ठजी व दीदी (अर्थात् धृतराष्ट्र और गांधारी) की सेवा करने का मुझे अधिक अवसर नहीं मिला। वन में मैं उनकी देखभाल करूँगी। मैं भी उनके साथ जाऊँगी।'' कुंती सांसारिक वैरभाव-द्वेषभाव और मानापमान जैसे भावों से किस तरह विरक्त हो गई है, इसका यह एक उत्तम उदाहरण है। कुंती समग्र भूतकाल को भूल गई है। उसके समक्ष अब मात्र धर्म है।

पर कुंती के इस निर्णय पर पांडव चीत्कार कर उठते हैं, ''माँ! तू हमें छोड़कर मत जा। तूने ही तो हमें विदुला के पुत्र का आख्यान सुनाकर युद्ध के लिए प्रेरित किया था। तेरे ही कहने से तो हम यह पृथ्वी जीत लाए हैं। तुझे यदि यह राजमाता का पद भोगना ही नहीं था तो तूने हमें युद्ध करने के लिए प्रेरित क्यों किया?''

इसके उत्तर में कुंती जो कहती है उससे कुंती के उस कथन का रहस्य प्रकट होता है। कुंती कहती है, ''पुत्रो! यह मैंने कोई अपने लिए थोड़े ही कहा था। मैंने तो संपूर्ण सुख पांडु सिंहासन पर बैठे थे, उसी समय भोग लिया था। यह सिंहासन तुम्हारा था और तुम्हें वापस मिले, तभी तुम्हारी और तुम्हारे पिता की कीर्ति अक्षुण्ण रह सकती थी। जो कुछ मैंने कहा था, इसी बात को लक्ष्य में लेकर कहा था।''

और इस प्रकार नेत्रहीन राजा धृतराष्ट्र, आँख पर पट्टी बाँधे गांधारी, कुंती (और विदुर भी) हस्तिनापुर तज देते हैं। वन के एकांत में अपना शेष जीवन व्यतीत करते हैं। कालक्रम में विदुर देह-त्याग करते हैं; किंतु धृतराष्ट्र, गांधारी और कुंती का बड़ा ही करुण अंत होता है। लाक्षागृह की अग्नि से तो कुंती अपने पाँचों पुत्रों को बचा लाई थी, पर वन में जो दावानल प्रकट हुआ उसमें ये तीनों तपस्वी जलकर भस्म हो

गए। धृतराष्ट्र तो अंधे हैं, दावानल से किस तरह बचकर किस दिशा में जाएँ, उन्हें क्या पता? गांधारी की स्थिति भी ऐसी ही है, फिर पति को छोड़कर वह अपनी जान बचाने के लिए भाग भी कैसे सकती है! एकमात्र कुंती ही है जो यह सब देख रही है। जीवित मृत्यु को वह अपनी ओर तीव्र गति से आती देख रही है। पर वृद्ध धृतराष्ट्र और गांधारी को छोड़कर वह अपना जीवन बचाने का तनिक भी प्रयास नहीं करती। लाक्षागृह धृतराष्ट्र का कुकर्म था और उस कुकर्म ने इतने वर्षों बाद ब्याज सहित उसकी वसूली की, यह भी विधि का कैसा न्याय है!

□

# गांधारी-१

मात्र विश्व-साहित्य में ही नहीं, समग्र मानव जाति के इतिहास में महाभारत के दो पात्रों के जीवन की एक-एक घटना ऐसी है जिनका जोड़ कहीं नहीं मिलता। कृष्ण महाभारत के अद्‌भुत और सर्वोत्तम पात्र हैं, यह स्वीकार है; किंतु कृष्ण मानव से अधिक दैवी अंश से सभर हैं, जबकि महाभारत के जिन दो पात्रों का उल्लेख यहाँ किया जा रहा है वे पूर्णतः मानवीय हैं और इसीलिए उनके जीवन की घटनाएँ अधिक रोमांचक हैं। ये दोनों पात्र है—भीष्म और गांधारी। इन दोनों के ही जीवन में एक-एक अद्‌भुत और अजोड़ पक्ष का दर्शन होता है। भीष्म का शर-शय्या पर पूरे अट्‌ठावन दिन तक शयन और गांधारी का आँखें होते हुए भी अंधत्व स्वीकार करने का निर्णय! युद्ध में पौत्र अर्जुन के बाणों से अंग-अंग बिंध जाने के बाद पितामह भीष्म के एक-एक अंग में तीर चुभ रहा हो, ऐसी अवस्था में भूमि पर मृत्यु के क्षण की प्रतीक्षा करते हुए स्वेच्छया सोए रहे। इस दृश्य की कल्पना केवल व्यास जैसे महा-मनीषी ही कर सकते हैं। अन्य किसी सर्जक में यह सामर्थ्य नहीं। ऐसी ही बात गांधारी द्वारा अपनी आँखों पर आजीवन पट्‌टी बाँधे रहने की है। युवावस्था में गांधारी ने अंधे राजकुमार धृतराष्ट्र के साथ विवाह किया, उसी क्षण से उसने स्वेच्छा का यह अंधत्व स्वीकार कर लिया है। राजपुत्री, राजरानी और राजमाता—इन तीनों अवस्थाओं को उसने भोगा

है, ऐसा कहा जा सकता है और इस दीर्घायु को उसने आँखों पर पट्टी बाँधकर बिताया है। व्यक्ति जन्मांध हो, यह एक बात है—जैसेकि धृतराष्ट्र—जगत् का वैभव या अन्य दर्शनीय वस्तुओं से वह अवगत ही नहीं होता। यह अवस्था उसके लिए जीवन भर सहज अवस्था है। किंतु यौवन में पदार्पण करने के क्षण तक जिसने जगत् का दर्शन खुली आँखों से जी भरकर किया हो वह संयोग विशेष में संपूर्ण स्वेच्छा से, और वह भी मात्र एक व्यक्ति-पति धृतराष्ट्र से, स्वयं अधिक सुख नहीं भोग सकती—इस भाव से आँखों पर पट्टी बाँधकर जीवन बिताए, यह कोई ऐसी-वैसी शर-शय्या नहीं है। कभी-कभी तो ऐसा भी लगता है कि भीष्म तो केवल अट्ठावन दिन तक ही शर-शय्या पर लेटे थे, पर स्वस्थ आँखों पर पट्टी बाँधकर स्वेच्छया अंधत्व स्वीकार करके गांधारी ने तो आजीवन शर-शय्या ही सहन की थी।

यद्यपि गांधारी की इस 'शर-शय्या' को एक भिन्न दृष्टिकोण से भी देखा जा सकता है। पति धृतराष्ट्र जन्मांध है, यह जानने के बाद जो स्वयं भी आँखों पर पट्टी बाँधकर स्वेच्छया अंधत्व स्वीकार करे तो इससे पति की जन्मांध यानी कि परावलंबी अवस्था में पत्नी के रूप में वह तनिक भी सहायक भूमिका निभा नहीं सकती, इस कठोर वास्तविकता को उसने नजरअंदाज किया है। यदि उसने आँखों पर पट्टी न बाँधी होती तो अपनी खुली आँखों से वह दर्शन कर सकी होती। उससे धृतराष्ट्र का दर्शन निश्चित ही अधिक स्पष्ट हुआ होता। गांधारी ने भी परावलंबी अवस्था स्वीकार करके पति की सेवा करने के बदले उसे और भी अपंग ही बनाया था, ऐसा कहने में भी कोई अतिशयोक्ति नहीं। उसके इस स्वेच्छया अंधत्व में भावुकता अधिक है, बौद्धिक अभिगम कम है।

गांधारी गांधार-नरेश सुबलराज की पुत्री और हस्तिनापुर-नरेश अंधे राजा धृतराष्ट्र की पत्नी थी। यह गांधार प्रदेश अर्थात् सिंधु नदी के उस पार का प्रदेश था, ऐसा उल्लेख महाभारत में है। गांधार पर्वतीय

प्रदेश है, यह स्पष्टता हुई है। इसका अर्थ यह हुआ कि यह क्षेत्र बहुत कुछ आज के पाकिस्तान में स्थित बलूचिस्तान और कुछ अंश तक कराकोरम पर्वतमाला के आस-पास का थोड़ा अफगानिस्तान का भी भाग हो, ऐसा संभव है। तक्षशिला गांधार की राजधानी थी। यह वही तक्षशिला है, जो कुछ शताब्दियों के बाद न केवल भारतवर्ष में बल्कि संपूर्ण एशिया में सबसे बड़े विद्या-केंद्र के रूप में विकसित हुआ था। विचित्र लगे, ऐसी ध्यान खींचनेवाली एक बात यह है कि सुबलराज की यह पुत्री समग्र महाभारत में मात्र गांधारी के रूप में ही जानी गई है—यही उसका नाम पड़ गया है। वास्तव में जिस राजा पिता के नाम से कन्या जानी जाती है, वही उसका उपनाम बनता है; जैसे कि द्रुपद राजा की पुत्री का नाम द्रौपदी (उसका वास्तविक नाम कृष्णा है), इसी प्रकार मद्र देश के राजा की पुत्री माद्री और गांधार देश के राजा की पुत्री गांधारी कही गई। माद्री अथवा गांधारी का अपना कोई नाम नहीं, मात्र पहचान है और यह पहचान ही उनका नाम बन गई है। गांधारी के लिए तो उसका यह नामाभिधान उसके जीवन का एक संकेत भी बन गया है। बाल्यावस्था और तरुणावस्था में उसने पिता के राज्य में अनामी रहकर आत्मविलोपन किया और शेष जीवन में पति के गृह में अंधत्व स्वीकार करके आत्मविलोपन किया, ऐसा कहा जा सकता है।

हस्तिनापुर की कुरु-परंपरा में एकमात्र धृतराष्ट्र का विवाह ही ऐसा है जिसमें श्रेष्ठ सदस्य के रूप में पितामह भीष्म ने अपने इस पुत्र के लिए अन्य राजकन्या का उसके पिता से हाथ माँगा हो। पांडु का विवाह स्वयंवर पद्धति से कुंती के साथ हुआ था और उसकी दूसरी पत्नी माद्री को भीष्म ने उसके पिता को पुष्कल धन देकर पांडु के लिए प्राप्त किया था। विचित्रवीर्य के विषय में अंबिका और अंबालिका को भीष्म अपहरण करके लाए थे और पांडवों ने भी द्रौपदी को स्वयंवर से प्राप्त किया था। धृतराष्ट्र के लिए भीष्म ने गांधार-नरेश सुबल से उसकी कन्या की माँग की थी। धृतराष्ट्र जन्मांध है, यह बात आर्यावर्त में किसी से छिपी नहीं

थी। गांधार-नरेश सुबल भी इससे अवगत था। कन्या गांधारी स्वरूपवान् और गुणवान् थी तथापि सुबल ने भीष्म की इस माँग को स्वीकार किया, यह आश्चर्यजनक बात है। इसके कारण के संबंध में सुबल के मुख से निकली एक उक्ति विचारणीय है। हस्तिनापुर समर्थ राज्य है और सिंधु के पूर्व में सुबल का कोई प्रभाव नहीं। सुबल संभवत: ऐसा प्रभाव स्थापित करना चाहता रहा हो और अपनी इसी राजनीतिक महत्त्वाकांक्षा के चलते उसने अपनी पुत्री को भोग चढ़ाया हो। किंतु यह तर्क भी बहुत लंबा नहीं चलता, क्योंकि हस्तिनापुर के साथ संबंध स्थापित करने के बाद सुबल ने कोई ऐसे प्रयत्न नहीं किए कि जिससे इस तर्क की पुष्टि मिले! शकुनि का हस्तिनापुर में स्थायी रूप से रहना भी एक समझ में न आनेवाली बात है। बहन के विवाह के लिए वह स्वयं हस्तिनापुर आया था और विवाह के बाद वापस गांधार चला गया था। उसके बहुत समय बाद पांडवों के इंद्रप्रस्थ में हुए राजसूय यज्ञ के अवसर पर वापस लौटा है—पांडवों का आमंत्रण स्वीकार कर, उनका अतिथि बनकर। उसके बाद ही उसने हमेशा के लिए हस्तिनापुर में निवास किया था। गांधार राज्य में इसके बाद वह कभी वापस नहीं गया। गांधार का वह युवराज था और राज्य का इसके बाद क्या हुआ, यह हम नहीं जान सकते।

पिता के घर में ही जब गांधारी ने यह जाना कि वह अंधे राजकुमार धृतराष्ट्र की वाग्दत्ता बनाई गई है, उसी क्षण उसने विवाह के पूर्व ही आँखों पर पट्टी बाँधकर अंधत्व स्वीकार कर लिया। इसके कारण में उसने कहा है कि पति जो सुख नहीं भोग सकता हो वह सुख वह स्वयं कैसे भोग सकती है!

ऐसी उदात्त भावना से ओत-प्रोत गांधारी का शेष जीवन उसकी इस भावना के अनुरूप रहा है। मात्र एक अपवाद उसकी गर्भावस्था है। कुंती की तरह ही राजकुमारी गांधारी ने भी सौ पुत्रों की माता बनने का वरदान कौमार्यावस्था में ही प्राप्त कर लिया था। यह वरदान उसे किससे मिला था, इस विषय में महाभारत में दो विभिन्न उल्लेख हैं। आरंभ में

उसे यह वरदान महादेव से मिला था, ऐसा उल्लेख है (आदिपर्व १०९/१०), पर उसके बाद यह वरदान उसे द्वैपायन व्यास के पास से धृतराष्ट्र के साथ उसके विवाह के बाद हस्तिनापुर में प्राप्त हुआ था, ऐसा भी उल्लेख है। (आदिपर्व ११४/८) संभव है कि गांधारी सौ पुत्रों की माता बनने वाली है, यह सत्य उसकी कौमार्यावस्था में ही प्रकट हो चुका था और भीष्म ने जब उसे धृतराष्ट्र के लिए माँगा था तो उसके पीछे उनका एक उद्देश्य कुलवर्द्धन का भी था।

कालक्रम में गांधारी पति धृतराष्ट्र से सगर्भा हुई। यह गर्भ उसके पेट में पूरे दो वर्ष रहा। दो वर्ष तक वह प्रसूता नहीं बनी। इसी बीच कुंती के अरण्यवास में ही युधिष्ठिर की माता बनने का समाचार हस्तिनापुर में गांधारी को मिला। यह समाचार पाकर गांधारी अत्यंत चिंतित हो गई। अब उसका पुत्र नहीं, कुंती का पुत्र युधिष्ठिर युवराज बनेगा और वही भावी राजा बनेगा, गांधारी का यह ईर्ष्या भाव एक विचित्र घटना है। इसे छोड़कर उसने पूरे जीवन में कभी ऐसा हीन व्यवहार नहीं किया। इसका अर्थ यह भी है कि पांडु अब कभी हस्तिनापुर वापस लौटकर राजा नहीं बनेगा, ऐसा गांधारी को विश्वास था और इस तरह पति धृतराष्ट्र इस समय भले पांडु के एवज में सिंहासन पर आरूढ़ हुए हों, पर भविष्य में उसका पुत्र ही सिंहासन का उत्तराधिकारी बनेगा, इसका गांधारी को पूर्ण विश्वास था; क्योंकि पांडु संतानोत्पत्ति के लिए असमर्थ था, यह बात भी छिपी हुई नहीं थी। युधिष्ठिर के जन्म से यह आशा धूल में मिल गई थी और इसीलिए गांधारी इतनी हतोत्साहित हो गई कि जिस गर्भ के प्रसव की वह दो वर्ष से राह देख रही थी, उसी गर्भ का उसने बलपूर्वक त्याग कर दिया। जिसे हम आज गर्भपात कहते हैं, ऐसा ही कुछ यह गर्भ-त्याग था।

और भूमि पर गिरा वह गर्भ भी कैसा था? लोहे के कंदुक (गेंद) जैसा मांस का एक लोथड़ा मात्र। गांधारी चीत्कार कर उठी। उसका चीत्कार सुनकर स्वयं व्यास वहाँ प्रकट हुए और गांधारी को ढाढ़स

बँधाते हुए उन्होंने कहा, ''पुत्री! मैंने जो वचन दिया है वह अवश्य यथार्थ होगा।'' यह कहकर उन्होंने मांस के उस कठोर टुकड़े को एक सौ एक टुकड़ों में विभाजित किया और एक-एक टुकड़ा घी से भरे घड़ों में रखकर कहा, ''पुत्री! दो वर्ष बाद ही अब इन घड़ों में से तुम्हारी संतानें जन्म लेंगी!'' अर्थात् और दो वर्ष—इस प्रकार कुल चार वर्ष बाद पहले घड़े में से दुर्योधन का जन्म हुआ। उसके बाद सात दिनों में बारी-बारी से शेष सभी घड़े फूट गए और अन्य निन्यानबे पुत्र और एक पुत्री, इस तरह गांधारी कुल एक सौ एक संतानों की माता बनी।

इन सौ पुत्रों के जन्म के साथ ही जो प्राकृतिक दृश्य उपस्थित हुए वे अमंगलकारी थे। गीध और सियार अमंगलकारी आवाजें करने लगे और विदुर सहित सभी राज-ज्योतिषियों ने भविष्यवाणी की कि ज्येष्ठ पुत्र दुर्योधन महा अमंगलकारी और कुलनाशक है, इसलिए उसका त्याग करके शेष निन्यानबे पुत्रों को बचा लेना चाहिए। किंतु राजा धृतराष्ट्र ने इसे स्वीकार नहीं किया और इस प्रकार गांधारी के मातृत्व का आरंभ हुआ।

गांधारी को मातृत्व का आशीर्वाद पहले से ही मिल चुका था और यह आशीर्वाद देनेवाले महर्षि वेदव्यास जैसे महामनीषी थे (या स्वयं महादेव थे!)। ऐसा होते हुए भी उसके मातृत्व का आरंभ ऐसा अशुभ क्यों हुआ, यह प्रश्न किसी के भी मन में उत्पन्न हो सकता है। इस प्रश्न का उत्तर कहीं नहीं मिलता। महाभारत जिस तरह समस्त मानवीय व्यवहार के प्रश्नों के उत्तर देता है, उसी प्रकार स्वयं कई अनुत्तरित प्रश्नों का सृजन भी करता है। जिन प्रश्नों का सृजन स्वयं महाभारत करे, उनके उत्तर भला कौन दे सकता है!

पुत्रों को जन्म देने के बाद माता गांधारी मानो अचानक राजमहल के किसी खंड में बंद हो जाती है। बाल्यावस्था त्यागकर किशोरावस्था में कदम रख रहे धृतराष्ट्र-पुत्र कौरवों और पांडु-पुत्र पांडवों के बीच जिस स्पर्धा और द्वेष का आरंभ हो चुका था वह गांधारी के मन से

एकदम नगण्य हो, इस तरह वह या तो निर्लेप हो गई थी या इन सभी बढ़ती जा रही जटिलताओं की उसे जानकारी ही नहीं थी। कुंती पाँच पुत्रों के साथ हस्तिनापुर वापस आई, उस समय भी गांधारी के हलके उल्लेख के सिवाय उसका और कोई प्रतिभाव महाभारत में नहीं मिलता। गर्भावस्था में गांधारी के मन में कुंती के प्रति जो द्वेष-भाव जाग्रत् हुआ था उसका कोई संकेत उसके बाद कुंती के प्रति उसके व्यवहार में कहीं दिखाई नहीं देता। पुत्र-जन्म के बाद ठेठ द्यूतसभा तक गांधारी का कोई विशेष योगदान नहीं दिखाई देता। माना कि स्त्रियों के लिए द्यूतसभा में प्रवेश निषिद्ध था; किंतु सभा में जो हो रहा था वह इतना अधिक उत्तेजना-प्रेरक और मारक था कि महल के अन्य भागों में अन्य किसी को इसका पता ही न चले, यह आश्चर्यजनक है।

तथापि द्यूतसभा के दूसरे दौर के समय गांधारी के मन में कैसी उथल-पुथल मच रही थी, उसका दर्शन होता है। द्यूत के दूसरे दौर में पांडव द्रौपदी एवं स्वयं के साथ सर्वस्व हार गए और द्रौपदी वस्त्र-हरण जैसा निंद्य कार्य हो चुका तथा इस दृश्य की प्रतिक्रिया में भीम द्वारा दुर्योधन की जाँघ तोड़ने एवं दुःशासन का रुधिरपान करने की भयानक प्रतिज्ञा किए जाने के बाद राजा धृतराष्ट्र ने पांडवों को इंद्रप्रस्थ का राज्य वापस सौंपा और पांडव इंद्रप्रस्थ जाने के लिए रवाना हुए तो दुर्योधन ने पिता धृतराष्ट्र को सहमत करके पांडवों को पुनः द्यूत-क्रीड़ा के लिए आमंत्रित किया। इस पर भीष्म, द्रोण, विकर्ण, कृपाचार्य : सभी राजा धृतराष्ट्र को पुत्र की बात अस्वीकार करने के लिए कहते हैं; किंतु राजा पुत्र-मोह में बिलकुल अंधा बन गया है। इस क्षण गांधारी पति के समक्ष उपस्थित होती है। वह पति को स्मरण कराती है, "हे आर्यपुत्र! दुर्योधन के जन्म के समय विदुर और अन्य ज्योतिषियों द्वारा किया गया भविष्य-कथन आप क्यों भूल गए? यह पुत्र पूरे कुल का नाश करेगा, ये संकेत इसके जन्म के समय ही मिल गए थे। इस संकेत के सही होने का क्षण उपस्थित हो रहा है तो आपको वह क्यों दिखाई नहीं दे रहा है?"

गांधारी मात्र इतना ही कहकर नहीं रुक जाती। पति को और अपने पुत्रों को संबोधित करती हुई वह कहती है, "हे राजा! आप पिता हैं और पिता को पुत्रों के कहे अनुसार नहीं बल्कि पुत्रों को पिता के कहे अनुसार करना चाहिए। जो धन आप द्यूत द्वारा प्राप्त करना चाहते हैं, वह अधर्म की लक्ष्मी है और अधर्म की लक्ष्मी विनाशक होती है। मात्र उत्तम मार्ग से प्राप्त की गई लक्ष्मी ही पुत्र-पौत्रादि तक स्थित रहती है।"

पर नेत्रहीन राजा पुत्र-मोह, मन में पांडव-द्वेष और राज्य-लिप्सा से प्रेरित होकर अब स्थूल रूप से ही नहीं, सूक्ष्म अर्थ में भी अंधा बन चुका है। पत्नी की बुद्धिमत्तापूर्ण सीख वह नहीं स्वीकार करता है। हाथ ऊँचा करके वह कह देता है, "जो होना हो, हो! भले कुल का नाश हो, किंतु दुर्योधन की इच्छानुसार पुनः एक बार द्यूत खेलने का आमंत्रण मैं युधिष्ठिर के पास निश्चित रूप से भेजूँगा।"

इसके बाद जो भवितव्य था वही सब हुआ। पांडव द्यूत में पुनः हारे और उन्होंने तेरह वर्ष का वनवास स्वीकार किया। वनवास के अंत में जब अपना राज्य वापस लेने के लिए पांडवों ने संदेश भेजा तो उसे दुर्योधन ने स्वाभाविक रूप से ही अस्वीकार कर दिया। संजय दूत बनकर पांडवों के शिविर उपप्लव्य और हस्तिनापुर के बीच आया व गया। इसके बाद स्वयं कृष्ण संधि का अंतिम प्रस्ताव लेकर हस्तिनापुर आए। कृष्ण यदि अपने प्रयास में निष्फल सिद्ध हों तो उसके बाद युद्ध के सिवा और कोई विकल्प नहीं था। युद्ध का अर्थ किसी एक पक्ष की विजय थी, पर उससे भी स्पष्ट अर्थ सर्वनाश था। इस सर्वनाश को टालने के लिए जो भी कहा जा सकता था, कृष्ण ने कुरु सभा में वह सब कहा; किंतु दुर्योधन उनकी एक भी बात स्वीकार करने या सुनने के लिए तैयार नहीं था। भीष्म, द्रोण और कृपाचार्य जैसे वरिष्ठ जनों ने जो कहा उससे रुष्ट होकर दुर्योधन सभा छोड़कर चला गया। राजा धृतराष्ट्र पुत्र-मोह के वश में थे और पुत्र के पक्ष में न्याय नहीं, यह जानते हुए भी उनके मन में लालसा प्रबल थी। इसके बावजूद संजय ने और उसके बाद कृष्ण ने

युद्ध के भयंकर परिणामों का जो भयावह चित्र खींचा था उससे राजा मन-ही-मन भयभीत भी था और इसीलिए दुर्योधन ने जब सभा-त्याग किया और अब युद्ध सन्निकट है, इसकी प्रतीति हुई तो उसने पत्नी गांधारी का सहारा लिया। गांधारी को सभा में बुलाकर राजा ने कहा, ''यह तुम्हारा दुरात्मा पुत्र बड़ों की आज्ञा का उल्लंघन कर रहा है और अधिक ऐश्वर्य प्राप्त करने के लोभ में सर्वस्व गँवा देगा, इसे रोको!'' यहाँ धृतराष्ट्र बदल जाता है। द्यूतसभा में गांधारी पति से पुत्रों को रोकने के लिए कहती है तो धृतराष्ट्र 'भले समग्र कुल का नाश हो, परंतु द्यूत खेला ही जाएगा', ऐसा कहता है; क्योंकि उस समय शकुनि की पासा फेंकने की कला पर उसे पूरा विश्वास था। दुर्योधन द्यूत में निश्चित ही विजयी होगा, इसका उसे पूरा विश्वास था; परंतु आज परिस्थिति बदल चुकी थी। अब पासे की कपट-लीला का चलना संभव नहीं था। अब तो शर-संधान होने वाला था। भीम द्वारा की गई प्रतिज्ञा की याद संजय ने राजा धृतराष्ट्र को दिला ही दी थी। इस खराखरी के समय पर धृतराष्ट्र भयभीत हो गया है और दुर्योधन जैसे अकेले गांधारी का ही पुत्र हो, इस तरह दोष का ठीकरा उसके सिर पर फोड़ते हुए कहता है, 'यह तुम्हारा दुरात्मा पुत्र'।

परंतु गांधारी यह कुछ भी मन में लाए बिना तत्काल पुत्र को सभा में वापस लौटने का संदेश विदुर के साथ भेजती है। विदुर वापस लौटे, उस बीच वह पति से जो सत्य है, उसे स्पष्ट रूप से कहने में हिचकती नहीं है। यह क्षण धृतराष्ट्र के पुत्र-मोह के कारण ही उत्पन्न हुआ है, ऐसा वह स्पष्ट रूप से कहती है। गांधारी धृतराष्ट्र से कहती है, ''हे राजन्! आज की इस परिस्थिति के लिए वास्तव में आप ही जिम्मेदार हैं। आप दुर्योधन का मन जानते हुए भी उसे समर्थन देते रहे हैं। अब उसे वापस लौटने के लिए कहना अत्यंत दुष्कर है।''

माता के कहने पर सभागृह में वापस लौटे दुर्योधन को समझाने का कृष्ण, भीष्म सहित सभी का प्रयास एक बार फिर निष्फल गया।

इंद्रप्रस्थ के राज्य के बदले पाँचों भाइयों के लिए पाँच ग्राम देने की बात भी दुर्योधन ने स्वीकार नहीं की; इतना ही नहीं, सुई की नोक जितनी भूमि भी युद्ध किए बिना पांडवों को न देने की हुंकार भी उसने भरी। कृष्ण को पकड़कर बंदी बनाने का उद्यम भी उसने करके देख लिया, किंतु उसका यह प्रयत्न निष्फल गया।

कृष्ण की विष्टि की निष्फलता के इस क्षण में गांधारी अतिशय व्यथित हो उठी थी। उस क्षण उसने स्वयं सभा में उपस्थित रहकर सबकुछ देखा-सुना है। यहाँ वह आक्रोश कर उठती है। गांधारी के चीत्कार में जो प्रतिध्वनित होता है, वह उसके मातृत्व की निरी वेदना है। वह कहती है, ''हे नीच बुद्धि दुर्योधन! कुरुकुल की परंपरा का तू नाश कर रहा है। राजा धृतराष्ट्र तथा दूरदर्शी विदुर की बात को अस्वीकार करके तू कुल की मर्यादा भंग कर रहा है। यह राज्य तो पितामह भीष्म का है और उनकी उपस्थिति में अन्य किसी को कोई अधिकार नहीं है। भीष्म ने राज्य का त्याग किया है, इसलिए यह सिंहासन उचित रीति से पांडु को मिला था और अब पांडु के पुत्र को ही यह मिलना चाहिए। तेरा या किसी और का इस सिंहासन पर कोई अधिकार नहीं। पितामह भीष्म की बात स्वीकार कर वे जैसा कहें वैसा ही करना तेरा और हम सभी का धर्म है। तू अभी भी मान जा और पिता धृतराष्ट्र तथा पितामह भीष्म के आशीर्वाद के साथ युधिष्ठिर को यह राज्य वापस सौंप दे, इसी में सबका कल्याण है।''

परंतु गांधारी का यह चीत्कार तो उसके बाद होनेवाले अनेक अरण्य-रोदनों के आरंभ का संकेत देनेवाला मात्र एक रुदन ही था। महाकाल के मोहरे लगाए जा रहे थे और गांधारी भी तो मात्र एक मोहरा ही थी।

□

# गांधारी-२

एक तरह से देखें तो महाभारत के तमाम पात्र—फिर व्यक्तित्व की दृष्टि से वे चाहे जितने महान् दिखाई देते हों—स्वतंत्रकर्ता होने के बजाय महाकाल के प्यादे ही हैं। आँखें आश्चर्य से फटी रह जाएँ, ऐसे अनेक कार्य इन सभी पात्रों ने किए हैं, परंतु इन कृत्यों के अंत में देखें तो तत्काल ऐसा अनुभव हुए बिना नहीं रहता कि अरे रे! ये लोग भी कुछ कर नहीं सके! ठेठ शांतनु से लेकर परीक्षित् तक के कथानकों में यह परम सत्य स्थान-स्थान पर दिखाई देता है। भीष्म और द्रोणाचार्य की उपस्थिति में रजस्वला व एकवस्त्रा पुत्रवधू द्रौपदी का चीर-हरण हो और दुर्योधन व कर्ण उसकी स्त्री-सहज मर्यादा का भी सरेआम सबकी आँखों के समक्ष उपहास करें तो भी कोई कुछ न कर सके, यह एक उदाहरण है; तो स्वयं कृष्ण के प्रयास निष्फल सिद्ध हों और उनकी उपस्थिति में ही धर्म के नाम पर ही सभी अधर्मों का आचरण करते हुए महाविनाशक युद्ध हो या फिर उन्हीं कृष्ण की आँखों के सामने समग्र यादव-वंश परस्पर कुत्ते-बिल्लियों की भाँति लड़कर, पशुओं की तरह उनके शव लावारिस पड़े हों, इस तरह मृत्यु को प्राप्त हों—ये घटनाएँ यही सूचित करती हैं कि महाकाल ही सर्वोपरि है और जो जन्मजात है—फिर जन्मजात कृष्ण हों या अन्य—उसकी एक मर्यादा है और उसे सतत जीना तो पड़ता है उस भवितव्य के एक प्यादे के रूप में ही।

माता गांधारी के लिए भी यह सत्य उतना ही प्रतीतिकर है। जो गांधारी सगर्भावस्था में अपने पेट से जन्म लेनेवाले पुत्र के राज्याभिषेक के लिए संतुलन खोकर कुंती के पेट से जनमे पुत्र के समाचार से अस्वस्थ हो गई थी, वही गांधारी उसके बाद द्यूतसभा अथवा विष्टि के प्रसंग पर पूर्णतः तटस्थ और स्वस्थ व्यवहार करती है। दुर्योधन को उसके मार्ग से रोकने का वह जो प्रयत्न करती है उसमें उसका अपत्य-स्नेह नहीं, ऐसा नहीं कहा जा सकता है। धृतराष्ट्र पुत्र-मोह में अंधा है। मोह अच्छे-बुरे का विवेक खो देता है। इसके विपरीत गांधारी के स्नेह में यह विवेक सुरक्षित रहता है। इतना ही नहीं, इस स्नेह के कारण स्नेहपात्र का कल्याण, उसका हित सबसे पहले सोचता है। स्नेहपात्र स्वयं अपने कल्याण को जितना समझ सकता है, उससे अधिक स्नेह करनेवाला समझ सकता है और ऐसा स्नेह करनेवाली तो एकमात्र माता ही होती है। धृतराष्ट्र का पितृ-स्नेह मोहांध बनकर पुत्र के कल्याण को उसके सामर्थ्य के संदर्भ में नहीं समझ सकता है। सच्चा स्नेह अंधा नहीं होता—निर्मल और पारदर्शक होता है। इस पारदर्शकता के कारण ही ऐसा स्नेह करनेवाला वर्तमान के आवरण को बींधकर भविष्य के आर-पार देख सकता है। इसके बाद के गांधारी के कृत्यों में ऐसा अपत्य-स्नेह बारंबार दिखाई देनेवाला है।

अंततः युद्ध होकर ही रहा!

युद्ध के आरंभकाल में ज्येष्ठ पुत्र दुर्योधन माता गांधारी से सफलता का आशीर्वाद लेने के लिए आता है, उस समय इस माता ने कैसी दारुण व्यथा अनुभव की होगी, इस विषय में महर्षि व्यास बहुत मुखरित नहीं हैं। हम कल्पना कर सकते हैं कि गांधारी जो भवितव्य निश्चित रूप से जानती है उसके विरुद्ध पुत्र दुर्योधन को आशीर्वाद दे, यह निरर्थक है। इसीलिए गांधारी पुत्र को 'जय हो!' ऐसा स्पष्ट आशीर्वाद नहीं देती। इतना ही नहीं, धर्म और सत्य पांडवों के पक्ष में है, यह बात वह मन-ही-मन स्वीकार करती है, इसलिए धर्म या सत्य का भोग चढ़ाकर जिस

पक्ष में अधर्म और अन्याय है उसे जय का आशीर्वाद देने के लिए गांधारी तैयार नहीं होती। ऐसा करने से तो वह भी अधर्म और अन्याय की भागीदार बन जाएगी। किंतु इसके साथ ही 'पुत्र दुर्योधन! युद्ध में तेरी पराजय हो', यह वचन भी माता के मुख से कैसे निकल सकता था? गांधारी की यह दुविधा उसके द्वारा दुर्योधन को दिए गए आशीर्वचन में प्रकट होती है। वह पुत्र से 'तुम्हारी पराजय हो', ऐसा नहीं कहती। संभव है, गांधारी स्वयं जिसे धर्म या सत्य मानती है, वह वास्तव में धर्म या सत्य न हो। हो सकता है, उसकी समझ में ही कोई भूल हो। धर्म सचमुच दुर्योधन के ही पक्ष में हो, ऐसा भी संभव है; क्योंकि धर्म तत्त्व अतिशय गूढ़ और सूक्ष्म है तथा उसने इस तत्त्व को समझने में कहीं भूल की हो तो गलत आशीर्वाद देकर कहीं स्वगं अधर्म के पक्ष में है, ऐसा भी संभव है और संभवतः इसीलिए गांधारी अतिशय संयमित रूप से किंतु सतत धर्म का ध्यान रखते हुए कहती है, ''पुत्र! जिस पक्ष में धर्म हो, उस पक्ष की विजय हो!'' माता के इस आशीर्वाद को अस्वीकार भी पुत्र दुर्योधन कैसे कर सकता था! धर्म हमारे पक्ष में नहीं है, दुर्योधन यह कैसे कह सकता था! हालाँकि यह दुर्योधन युद्ध के अगले चरण में स्पष्ट रूप से स्वीकार करता है।

गांधारी यहाँ संपूर्ण तटस्थ बुद्धि प्रकट करती है। लड़ रहे दोनों पक्ष उसके मन से तो पुत्रवत् ही थे। इसीलिए अब वह किसी का पक्ष नहीं लेती—मात्र धर्म का आश्रय लेती है।

परंतु मात्र धर्म का पक्ष लेना, घटनाओं के प्रति संपूर्ण तटस्थ रहना कोई सरल काम नहीं है। यह तो कच्चा पारा पचाने जैसा काम है। व्यक्ति का संकल्प-बल चाहे जितना प्रबल हो, फिर भी सत्य हचमचा देता है।

महायुद्ध के अंत में उन्नीसवें दिन की सुबह गांधारी के जीवन का ऐसा हचमचा देनेवाला क्षण आ पहुँचा था।

अठारह दिन का महायुद्ध समाप्त हुआ। अंत में जीवित बचे

एकमात्र कौरव दुर्योधन को जलाशय में से बाहर निकालकर भीम ने गदायुद्ध में मार डाला। धर्मयुद्ध के तमाम सिद्धांत ताक पर रखकर स्वयं कृष्ण के अनुमोदन पर भीम ने दुर्योधन की जाँघें तोड़ डालीं। दुर्योधन परास्त हुआ और उसकी मृत्यु हो गई। युद्ध पूर्ण हुआ। पांडव विजयी हुए। अब इस विजय का समाचार हस्तिनापुर जाकर पिता धृतराष्ट्र और माता गांधारी को कौन दे? राजा धृतराष्ट्र को तो संजय की दिव्य-दृष्टि की सुविधा प्राप्त थी, जिससे वे अपने पुत्रों के वीरगति प्राप्त करने का समाचार पहले ही जान चुके थे, किंतु गांधारी पुत्रों के इस अंत से अनजान थी। गांधारी को इस समाचार से कैसा दारुण आघात लगेगा, यह पांडव जानते थे, तिस पर दूसरे किसी से कभी न हारनेवाले भीम ने भी दुर्योधन को जिस तरह अधर्म से मारा था, यह बात गांधारी को पता चलेगी तो क्या होगा, इसकी कल्पना मात्र से डरते थे। युधिष्ठिर भी गांधारी के कोप से मन-ही-मन भयभीत थे। यदि गांधारी क्रोध में आकर शाप दे बैठे तो यह पूरी कवायद निरर्थक हो जाएगी। इतना ही नहीं, पांडव भी इस शाप का भोग बनकर नष्ट हो जाएँगे, यह निर्विवाद था। इस अत्यंत नाजुक क्षण में गांधारी के समक्ष पांडवों की विजय की बात कहने के लिए जाए कौन? पांडवों के लिए तो प्रत्येक विपत्ति का निवारण कृष्ण ही थे, इसलिए युधिष्ठिर ने कृष्ण से ही विनती की, "हे अच्युत! गांधारी के पास यदि आपके अतिरिक्त दूसरा कोई सर्वप्रथम जाएगा तो उसकी खैर नहीं। सती माता गांधारी अधर्म से हुई हमारी विजय को सहन नहीं कर सकेंगी। वह सदैव धर्म के पक्ष में ही रही हैं, इसलिए भीम ने दुर्योधन के वध में जिस अधर्म का आचरण किया है, उसे जानकर वह हमें निश्चित ही शापित करेंगी। हे यदुनंदन! इस संकट के कारण किनारे पर आया हमारा जहाज डूब जाने वाला है। आप ही उसे उबार सकते हैं।"

युधिष्ठिर की प्रार्थना को कृष्ण ने स्वीकार किया। कृष्ण जब हस्तिनापुर के राजमहल में गांधारी के पास जाते हैं तो महर्षि व्यास वहाँ

पहले से ही पहुँच गए हैं। गांधारी को पता तो चल ही चुका है, और वह अस्वस्थ भी हो गई है। व्यास की उपस्थिति में कृष्ण सर्वप्रथम धृतराष्ट्र का हाथ पकड़कर सुबक-सुबककर रोते हैं। (इसके सिवा कृष्ण ने अपने पूरे जीवन में इस तरह आँसू बहाए हों, ऐसा कभी नहीं हुआ।) शोक का यह आवेग शांत होने के बाद पहले धृतराष्ट्र से और फिर गांधारी से वे धीरे-धीरे कहते हैं, ''हे राजन्! जो हुआ उसमें हमारा कोई दोष नहीं। यह सब काल की प्रेरणा से ही हुआ है। पांडवों ने तो सदैव आपकी आज्ञा के अनुसार ही आचरण किया है। पांडवों को आपके प्रति कोई रोष नहीं है।'' इसके बाद कृष्ण गांधारी से कहते हैं, ''हे माता! आप तो सदैव धर्म और सत्य के पक्ष में ही रही हैं। विष्टि के प्रसंग में भरी सभा में दुर्योधन को मनाने के अपने द्वारा किए गए प्रयत्नों को याद कीजिए। आपने पुत्र को विजय का आशीर्वाद नहीं दिया था, धर्म की विजय का आशीर्वाद दिया था। अब आपका यह आशीर्वाद तो निष्फल नहीं ही जाएगा न। अब जबकि आपका यह आशीर्वाद सफल हुआ है तो आपको अब पांडवों के प्रति कृपा-दृष्टि ही रखनी चाहिए।'' श्रीकृष्ण के ये वचन सुनने के बाद अस्वस्थ गांधारी थोड़ी स्वस्थ हो जाती है और अब तक रोककर रखे रुदन को वह मुक्त कर देती है और दहाड़ मारकर रो उठती है।

परंतु कृष्ण के द्वारा दिया गया यह धैर्य और सांत्वना लंबे समय तक नहीं टिकती। कथा कहती है कि उसके बाद पांडव माता गांधारी से मिलने के लिए जाते हैं। पांडव अग्रज युधिष्ठिर सर्वप्रथम गांधारी को प्रणाम करने के लिए उसके पास गए। प्रणाम के लिए उनका मस्तक झुका था। आँखों पर बँधी पट्टी के आर-पार जाकर गांधारी ने युधिष्ठिर के पैरों की ओर देखा। गांधारी की यह बंद दृष्टि जैसे ही युधिष्ठिर के पैरों पर पड़ी, उसके पैरों के नख काले पड़ गए। माता गांधारी अपने मन में कैसा भयानक रोष और कैसी भीषण व्यग्रता दबाकर बैठी थीं, इसी का यह संकेत था। भीम जैसा बलशाली योद्धा भी काँप उठा और अर्जुन

तो कृष्ण के पीछे जाकर छिप गया। पांडव पक्ष की विजय के लिए तो ये दोनों भाई ही विशेषत: यश के अधिकारी थे, इसलिए माता के रोष का पहला भोग वही दोनों बनें, यह संभव था। कृष्ण के समझाने के बाद भी गांधारी का चित्त पूरी तरह रोष से मुक्त नहीं हुआ, इसका यह प्रमाण था। महर्षि व्यास वहाँ उपस्थित हैं। अब महर्षि व्यास गांधारी को समझाने का प्रयास करते हैं, ''पुत्री! जो बात तू अपने होंठों पर लाना चाहती है, उसे रोक दे। इसी में अब सबका कल्याण है। अपनी बुद्धि को पुन: धर्म में स्थापित कर और शांत हो जा।'' गांधारी व्यास की इस बात को शिरोधार्य करती है, किंतु इतना कहे बिना नहीं रहती, ''हे महामुनि! कुंती ने जैसे अपने पुत्रों की रक्षा की, उसी तरह मुझे भी अपने पुत्रों की रक्षा करनी चाहिए थी। अब जो हुआ, उसमें पांडवों का क्या दोष? मेरा रोष भीम ने जिस प्रकार अधर्म से दुर्योधन को मारा, मात्र उस पर है और मैंने अधर्म की संगति कभी नहीं की। मैंने धर्म की विजय का आशीर्वाद दिया था, अधर्म की विजय का नहीं।''

स्वयं अधर्म का आचरण किया है, इस बात से भीम ने इनकार नहीं किया; किंतु अपना बचाव करते हुए कहा, ''माता! आपका पुत्र इतना समर्थ था कि गदायुद्ध में धर्मयुद्ध से उसे मारा ही नहीं जा सकता था। द्यूतसभा में मैंने दुर्योधन की जाँघें तोड़ने की प्रतिज्ञा ली थी, यह आप भूल गईं। उसने अपनी जाँघें खुली करके कुलवधू की मर्यादा भंग की थी, इसका स्मरण करें, माता। यदि मैं अपनी प्रतिज्ञा पूर्ण न करूँ तो मेरे पूर्वज उच्च गति को प्राप्त नहीं करेंगे, यह सोचकर मुझे इस अधर्म का आचरण करना पड़ा है और दु:शासन का रक्त मैंने नहीं पिया, देवी! मात्र अपनी प्रतिज्ञा पूरी करने के लिए मैंने उसके रक्त की अंजलि भरकर अपने होंठों से लगाया भर था। वह रक्त चाहे जो भी हो, किंतु था तो मेरे भाई का ही, मेरे कंठ के नीचे भला कैसे उतरता!''

गांधारी इसके बाद और कुछ भी नहीं कहती—मात्र इतना कहती है, ''यह सब तो ठीक, पर तूने मेरे सभी सौ पुत्रों को मार डाला। एकाध

को जीवित रहने दिया होता तो इस वृद्ध पिता धृतराष्ट्र को अब इस उत्तरावस्था में इतना दु:ख न होता। मैं उनके दु:ख पर रोती हूँ, पुत्र।'' इसके बाद पास में खड़ी रोती द्रौपदी को स्वयं गांधारी शांत करते हुए कहती है, ''पुत्री, शांत हो जा। मेरी और तेरी व्यथा समान ही है। हम दोनों ही पुत्रहीन बन गईं।''

इसके बाद जो घटना घटित होती है, उसके विषय में थोड़ी अस्पष्टता रहती है। महर्षि व्यास इस क्षण गांधारी को दिव्य दृष्टि देकर, बंद आँखों से भी युद्धभूमि का दर्शन कर सके, ऐसा आयोजन करते हैं। इसे महाभारत में 'व्यास का गांधारी को वरदान' के रूप में दरशाया गया है। गांधारी ने ऐसे दर्शन की कोई इच्छा व्यक्त नहीं की और इस दर्शन से गांधारी निश्‍चित ही विचलित हो जाएगी, यह व्यास से अज्ञात नहीं था। गांधारी ने हठपूर्वक इस विनाश को देखने की माँग की होती और व्यास ने उसके संतोष की खातिर यह दिव्य दृष्टि दी होती तो यह समझा जा सकता था; किंतु यहाँ तो स्वयं व्यास ही आगे बढ़कर दिव्य दृष्टि का वरदान देकर यह दृश्य उसकी आँखों के सामने प्रस्तुत करते हैं। ऐसा करने के पीछे व्यास या महाभारतकार का कौन सा उद्‍देश्य अभिप्रेत था, यह समझ में नहीं आता।

अब जो दृश्य गांधारी देखती है, वह संभवत: विश्‍व-साहित्य के इतिहास में सबसे भयानक और जुगुप्सा-प्रेरक होगा, इसमें संदेह नहीं। पुत्र, पौत्र, जमाई, भतीजे, भानजे—इस तरह असंख्य स्वजनों को गांधारी रक्त-मांस के लोथड़ों के बीच पड़े हुए, गीध और सियारों द्वारा नोचे जाते हुए अंगोंवाले, हड्डी-पसली टूटी अवस्था में और विकृत हो गए चेहरेवाले, रणभूमि में स्थान-स्थान पर छिन्न-भिन्न अवस्था में पड़े हुए देखती है। पहचान में न आनेवाली मृत देहों के चारों ओर उनकी पत्नियाँ जगह-जगह आक्रंद करती अपने पति के शरीर के टुकड़ों को ढूँढ़ रही थीं। कभी-कभी 'यह मेरे पति का अंग है', यह कहकर दो-दो स्त्रियाँ लड़ पड़ रही थीं। यह बीभत्स दृश्य युधिष्ठिर और कृष्ण सहित पांडव,

महाराज धृतराष्ट्र, गांधारी, कुंती, द्रौपदी सभी साथ मिलकर देख रहे हैं। गांधारी यह दृश्य देखकर चीत्कार कर उठी। अब तक कृष्ण ने या व्यास ने उसे जो धैर्य बँधाया था, उसे वह एक बार फिर खो बैठती है। तिस पर जब अधर्म से मारे गए दुर्योधन के क्षत-विक्षत अंगों के समक्ष विलाप करती पुत्रवधू भानुमती को वह देखती है तो उसका हृदय फटने-फटने को हो जाता है। भीम ने कृष्ण की सम्मति से यह अधर्म किया है, यह बात उसे एक बार फिर प्रज्वलित कर देती है। किंतु इस अतिशय भयानक क्षण में भी कर्ण की मृत देह को देखकर माता गांधारी पांचाली के अपमान को ही याद करती है।

परंतु अब उसके द्वारा अभी तक किसी तरह होंठ सीकर रखी शाप की वाणी और अधिक समय तक संयम नहीं रख पाती। गांधारी के पौत्र को व्यास ने जो महत्ता दी है, वह अद्‌भुत है। गांधारी पुत्र दुर्योधन या पौत्र लक्ष्मण की क्षत-विक्षत देहों को देखकर विचलित हुई है, फिर भी उसने संयम रखा है। पुत्रवधू या पौत्रवधू के आक्रंद के समय वह होंठ सीकर खड़ी रहती है, पर बालक अभिमन्यु और उसकी सगर्भा बालिका पत्नी उत्तरा को जब वह देखती है तो उसका धैर्य टूट जाता है। अभिमन्यु और उत्तरा 'मामकाः' नहीं, 'पांडवाः' हैं। धृतराष्ट्र ने आरंभ में जो भेद-रेखा पुत्रों और अन्यों के बीच खींची थी वह उसके 'मामकाः पांडवाश्चैव'—इन शब्दों में प्रकट हुई थी। गांधारी इन शब्दों को इस क्षण एकदम विपरीत भाव से देखती है। अर्जुन-पुत्र अभिमन्यु भी महा-अधर्म से मारा गया था और उसकी पत्नी उत्तरा का वैवाहिक जीवन तो मात्र सात महीने का ही था—तिस पर वह सगर्भा भी थी। उत्तरा जो हृदय-विदारक विलाप कर रही थी उसे सुनकर—उसे देखकर गांधारी अब तक दबाकर रखी अपनी पीड़ा और अधिक दबाकर नहीं रख सकी। क्रोध और आक्रोश तो अंतर में था ही। यह भावना यदि कहीं प्रकट न की जाए तो यह इसे अंतर में रखनेवाले को कुचल डालता है, आधुनिक मनोविज्ञान के इस सिद्धांत की प्रतिध्वनि

यहाँ सुनाई पड़ती है। पांडव तो शाप से पहले ही बच गए थे। अब गांधारी का रोष कृष्ण की ओर मुड़ जाता है। वह कहती है, ''कृष्ण! आप तो समर्थ थे। आपने यह विनाश क्यों नहीं रोका? आपने साथ रहकर कुरुकुल का सर्वनाश क्यों होने दिया? आपका यह कर्म आपको भोगना ही चाहिए! अपने सतीत्व के नाम पर मैं आपको शाप देती हूँ कि जिस प्रकार कुरुकुल का संहार परस्पर लड़कर आपकी उपस्थिति में हुआ उसी प्रकार आपके यदुवंश का नाश भी आपकी ही उपस्थिति में परस्पर लड़कर छत्तीस वर्ष बाद होगा!''

यह दारुण शाप कदापि मिथ्या नहीं जाएगा, यह जानते हुए भी कोई महामानव ही हँस सके, इस प्रकार हँसते हुए कृष्ण ने यह शाप स्वीकार कर लिया। और सहज भाव से कहा भी, ''माता! यदुवंश का नाश दूसरा कौन कर सकता है? इसलिए उसे तो स्वयं ही कालाधीन होना पड़ेगा।'' यह छत्तीस वर्ष की समय-सीमा गांधारी ने किसलिए निश्चित की होगी, यह प्रश्न यदि किसी के मन में उठे तो इस विषय में कोई स्पष्टता कहीं नहीं मिलती।

शाप देने के बाद गांधारी शांत हो गई। उसका रोष शांत हो गया। रोती द्रौपदी को सांत्वना देते हुए वह कहती है, ''पुत्री! तेरे तो पाँच पुत्र मारे गए हैं, पर मेरे तो सौ पुत्र मारे गए हैं।'' यहाँ कुंती भी उपस्थित है और उसका पुत्र कर्ण भी इसी युद्ध में मारा गया है, पर 'मेरे पुत्र ने वीरगति प्राप्त की है', ऐसा कहकर वह लोगों के सामने रो भी नहीं सकती।

इसके बाद सभी मृतात्माओं का वीरोचित तर्पण हुआ और हस्तिनापुर में राजा युधिष्ठिर ने विधिपूर्वक सिंहासन सँभाल लिया। गांधारी और धृतराष्ट्र इसके बाद पंद्रह वर्ष पांडवों की देख-रेख में हस्तिनापुर के राजमहल में रहे। पांडवों का गांधारी के प्रति व्यवहार कुलीन और भद्र है, पर धृतराष्ट्र के प्रति अर्जुन और विशेष रूप से भीम शालीन और गौरवपूर्ण व्यवहार नहीं करते। वे कई बार धृतराष्ट्र को ताना मारते हैं

और अपने बाहुबल से उन्होंने कौरवों का कैसा संहार किया, इसका बखान करते रहते हैं। आश्चर्यजनक बात यह है कि धृतराष्ट्र यह सब सुनते हुए भी पंद्रह वर्ष तक राजमहल छोड़ते नहीं। पंद्रह वर्ष के बाद ये ताने सुनकर वह अरण्यवास करने का निश्चय करते हैं। युधिष्ठिर उससे इस निश्चय से पीछे हटने के लिए विनती करता है, पर अब धृतराष्ट्र आयु से भी अत्यंत वृद्ध हो गए हैं और आर्य परंपरा के अनुसार वह पत्नी गांधारी के साथ अरण्यवास स्वीकार करते हैं। कुंती भी जेठ-जेठानी की सेवा करने के लिए अरण्य में रहने का निश्चय करती है। महात्मा विदुर भी हस्तिनापुर त्यागकर उन सबके साथ हो लेते हैं। धृतराष्ट्र का हाथ गांधारी के कंधे पर है और गांधारी का हाथ कुंती के कंधे पर है और इन सबको लेकर आ रहे हैं विदुर। विलाप करते पांडव पीछे रह गए और चारों जन जंगल में ओझल हो रहे हों—यह कैसा मर्मस्पर्शी दृश्य उपस्थित हुआ होगा, यह तो कल्पना का ही विषय है।

इस अरण्यवास का अर्थ पूर्णत: एकांतवास नहीं। हस्तिनापुर से युधिष्ठिर आदि पांडव समय-समय पर आकर मृत्यु की प्रतीक्षा कर रहे इन वरिष्ठ जनों से मिल जाया करते हैं। अन्य वनवासियों, ऋषि-मुनियों के साथ धर्मकथा और वार्त्तालाप भी चलता रहता है। इस प्रकार कितने वर्ष बीते होंगे, इस संबंध में महाभारतकार मौन हैं; किंतु एक दिन महाराज धृतराष्ट्र ने मिलने आए पांडवों से कहा, ''पुत्रो! अब तुम लोग मिलने के लिए नहीं आना। अब हम वन के गहन एकांत में जा रहे हैं। अब हमारे अंत का समाचार ही कभी आपको मिलेगा।'' विदुर तो इसके पहले ही इन तीनों को छोड़कर, आहार और वस्त्र का त्याग करके अरण्य में ही एकाकी घूम रहे थे और इसी अवस्था में उन्होंने देह-त्याग किया था। उनकी मृत्यु के समय युधिष्ठिर उपस्थित थे; किंतु धृतराष्ट्र, गांधारी और कुंती की मृत्यु के समय किसी की उपस्थिति भी अभिप्रेत नहीं थी।

और घने जंगल में जीवन के बचे-खुचे दिन व्यतीत कर रहे इन

वयोवृद्ध कुरुजनों का अंत तो देखें। जंगल में एक दिन दावानल भड़क उठा। धृतराष्ट्र या गांधारी तो यह दावानल देख नहीं सकते थे, पर आग का संसर्ग अवश्य अनुभव कर सकते थे। इन दोनों दृष्टिहीन मनुष्यों के लिए तो जंगल के किसी कोने में भाग पाना भी संभव नहीं था और जब ये दोनों न भाग सकते हों तो कुंती प्राण बचाने के लिए कैसे भाग सकती थी! वर्षों पूर्व वारणावत में इन्हीं धृतराष्ट्र के पुत्रों द्वारा निर्मित लाक्षागृह की आग में से कुंती अपने पुत्रों को सुरक्षित बाहर निकाल लाई थी। अब वही कुंती उसी धृतराष्ट्र को दावानल की प्रचंड ज्वालाओं के बीच जलता हुआ छोड़कर अपने प्राण बचाने का यत्न नहीं करती। अब शेष जीवन का अर्थ भी क्या था! धृतराष्ट्र, गांधारी और कुंती तीनों इस अग्नि में जीवित भस्म हो गए!

कुरुकुल के तमाम पात्र वैसे देखें तो अपने जीवन में महान् दिखाई देते हैं, पर लगभग सभी का अंत अतिशय दारुण और करुण रहा है। जीवन की विफलता या निरर्थकता ही तो शायद महाभारतकार का संदेश है।

□

# द्रौपदी-१

कविवर रवींद्रनाथ टैगोर ने द्रौपदी को नारीत्व का पूर्ण आदर्श, उसका मूर्तिमंत रूप बताया है। इसमें तनिक भी कवि-कल्पना अथवा अतिशयोक्ति नहीं है। नारीत्व का जो पूर्ण आदर्श हमारे यहाँ निरूपित किया गया है वह 'भोज्येषु माता, कार्येषु मंत्री, शयनेषु रंभा और चरणेषु दासी' का है। द्रौपदी में ये चारों लक्षण संपूर्ण रूप से दृश्यमान हैं। महाभारत को तो छोड़िए, विश्व-साहित्य के किसी भी स्त्री पात्र में ये चारों लक्षण इतने अधिक स्पष्ट रूप में नहीं उभरे हैं। तथापि ध्यान देने योग्य बात तो यह है कि द्रौपदी हमारे समाज का सर्व-स्वीकार्य नाम नहीं बना। सिंधी या बंगाली इन दो समुदायों को कुछ अंश तक छोड़ दें तो कहीं भी अपनी पुत्री का नाम शायद ही कोई द्रौपदी रखता हो। इसके दो कारण हो सकते हैं—या तो द्रौपदी की तेजस्विता ही उसके स्त्रीत्व के समस्त मूर्तिमंत आदर्शों को पिघला डालती हो और हमारे पुरुष-प्रधान समाज को इतनी तेजस्वी स्त्री ग्राह्य न लगी हो। दूसरा कारण यह हो सकता है कि पूर्ण नारी होने के बावजूद प्रारब्ध ने द्रौपदी का साथ न दिया हो। सतीत्व के स्थापित आदर्श के विरुद्ध वह पाँच पतियों की पत्नी बनी और सुख ने उसका जितना साथ दिया उससे अधिक दुःख उसकी परछाईं की तरह उसके साथ रहा है। इन्हीं दो कारणों से शायद द्रौपदी नाम हमारे समाज ने अपने परिवार की कन्या के लिए स्वीकार न किया

हो, ऐसा संभव है।

महाभारत में अधिकांश स्त्रियों के नामाभिधान उनके पिता के नाम के साथ संलग्न हैं। कुंती, माद्री, गांधारी की तरह द्रुपद राजा की पुत्री होने के कारण यह नारी-रत्न द्रौपदी के रूप में जानी गई। पांचाल प्रदेश की कन्या होने के कारण वह 'पांचाली' भी कही गई और यज्ञ की धधकती ज्वाला में से जन्म होने के कारण उसे 'याज्ञसेनी' भी कहा गया है। वर्ण से श्याम होने के कारण ही उसका वास्तविक नाम 'कृष्णा' है। कृष्ण की सखी होने के कारण वह कृष्णा कही गई अथवा अपने श्याम वर्ण के कारण वह कृष्णा बनी, यह रसप्रद चर्चा का विषय हो सकता है। वैसे कृष्ण के साथ उसका सख्य तो उसके जन्म के कई वर्ष बाद की घटना है और यह कृष्णा नाग तो आरंभ से ही उसके साथ रहा है। संभवतः इस नामाभिधान से भविष्य में जो सख्य आकार लेने वाला हो, उसका महाभारतकार ने संकेत दिया हो।

द्रोण और द्रुपद के बीच जो वैमनस्य पैदा हुआ था उसके परिणामस्वरूप द्रोण ने हस्तिनापुर के राजकुमारों, विशेष रूप से अर्जुन, से गुरुदक्षिणा प्राप्त कर द्रुपद को परास्त किया। द्रुपद का अभिमान आहत हुआ। अपनी पराजय का प्रतिशोध लेने के लिए वह द्रोण का शिरश्छेद करने का निश्चय करता है; किंतु यह काम स्वयं उससे या उसके इस समय जो पुत्र थे उनके द्वारा संभव नहीं था, यह वह अच्छी तरह समझता था। दूसरी ओर द्रोण अब मात्र प्रखर धनुर्धर और आचार्य ही नहीं रह गए थे, अब वे कुरुवंश से भी संरक्षित थे। अब इस काम को पूरा करने के लिए एक समर्थ पुत्र आवश्यक था। ऐसे समर्थ पुत्र की प्राप्ति के लिए द्रुपद ने पुत्रेष्टि यज्ञ किया और इस यज्ञ से प्रकट हुए देवता ने उसे ऐसा पुत्र दिया भी। यह पुत्र था—कुमार धृष्टद्युम्न। आगे चलकर कुरुक्षेत्र के युद्ध में यह धृष्टद्युम्न पांडव सेना का सेनापति बना और युद्ध के पंद्रहवें दिन निःशस्त्र और योग-समाधि में लीन द्रोण का उसने शिरश्छेद किया। इस प्रकार धृष्टद्युम्न का आगमन तो राजा द्रुपद

के लिए यथेष्ट था, पर उसके बाद यज्ञ-देवता ने राजा को एक कन्या भी दी। इस कन्या को यज्ञ-देवता ने क्यों उत्पन्न किया, यह समझ में नहीं आता। द्रुपद ने पुत्री-प्राप्ति की इच्छा तो की नहीं थी। पुत्रेष्टि यज्ञ का उद्‌देश्य तो मात्र राजकुमार धृष्टद्युम्न को प्राप्त करना था तो फिर आज जिसे हम 'बोनस' कहते हैं उस बोनस के रूप में यह कन्या राजा को देने के पीछे यज्ञ-देवता का क्या हेतु हो सकता है, इसकी स्पष्टता महाभारतकार ने कहीं नहीं की है। यह बात स्मरण रखने की है कि महाभारत के अनेक पात्र शिशु रूप में जनमे ही नहीं। जन्म लेते ही वे तरुण अवस्था में ही दिखाई देते हैं। व्यास, द्रोण, धृष्टद्युम्न, द्रौपदी आदि ऐसे ही पात्र हैं। द्रौपदी यज्ञ में से प्रकट हुई तो उसकी नीलपद्म जैसी देह से निकलती सुगंध कोसों दूर फैल गई थी। उसके जन्म के बाद ही भावी संकेत के रूप में आकाशवाणी भी होती है—'यह कन्या सर्वश्रेष्ठ नारी बनेगी, किंतु इसके कारण ही समग्र क्षत्रिय कुल का नाश भी होगा।'

इस आकाशवाणी की बात हमारे यहाँ बारंबार आती है। आकाशवाणी का अर्थ क्या मनोमन प्रकट होती कोई सांकेतिक वाणी है? या फिर समझी न जा सके, ऐसी कोई भावना होगी? कौन जाने!

महाभारत में लड़कियों की शिक्षा का उत्तम उदाहरण द्रौपदी को उसके पिता द्वारा दी गई शिक्षा है। द्रौपदी के लिए विशेष गुरु की व्यवस्था की गई थी। गुरुकुलों अथवा आचार्यों के घरों में मिलनेवाली शिक्षा तो पुत्रों तक ही सीमित थी, इसलिए द्रुपद ने अपनी पुत्री की शिक्षा के लिए आज की 'प्राइवेट ट्यूशन' जैसी व्यवस्था की थी। पूरी तरह सुशिक्षित इस कन्या के विवाह का समय हुआ तो द्रुपद ने उस समय की एक स्वीकृत परंपरा के अनुसार उसके स्वयंवर का आयोजन किया। स्वयंवर वास्तव में एक ऐसी व्यवस्था थी, जिसमें कन्या को स्वयं अपना भावी पति चुनने का अधिकार होता था; किंतु अधिकांश स्वयंवरों के साथ कोई-न-कोई बड़ी शर्त लगा दी जाती थी। यह शर्त कन्या प्राप्त

करनेवाले के सामर्थ्य, चातुर्य आदि की परख करने के लिए होती थी। द्रुपद ने भी द्रौपदी के स्वयंवर में मत्स्यवेध की शर्त रखी। उस प्रसंग के विषय में महाभारतकार ने यह भी लिखा है कि राजा द्रुपद ने ऐसी कठिन शर्त वारणावत के लाक्षागृह में से बच निकले पांडवों, और विशेष रूप से अर्जुन, की खोज करने के लिए रखी थी। अर्जुन को छोड़कर कोई इस शर्त को पूरी नहीं कर सकता, ऐसा द्रुपद को पूरा विश्वास था। द्रौपदी का विवाह अर्जुन के ही साथ करने की उनकी इच्छा थी। अर्जुन ने तो द्रुपद को युद्ध में हराया था, फिर भी वह अर्जुन को ही अपना दामाद बनाने को उत्सुक था, यह संकेत भी समझने जैसा है।

स्वयंवर में पांडव तपस्वी के रूप में ब्राह्मणों के लिए निर्धारित स्थान पर बैठे थे; जबकि कृष्ण, दुर्योधन, कर्ण तथा अन्य राजाओं के लिए निर्धारित वर्ग में बैठे थे। राजकुमार धृष्टद्युम्न ने अपनी बहन के विवाह के लिए जो शर्तें घोषित कीं उसमें—जो कोई राजा मत्स्यवेध कर सकेगा उसे यह कन्या प्राप्त होगी—ऐसा कहा गया है। इसका अर्थ यह हुआ कि यह स्पर्धा राजाओं तक ही सीमित थी। मत्स्यवेध कोई राजा ही कर सकता था। कर्ण ने इस स्पर्धा में भाग लिया था और राजकुमारी द्रौपदी ने 'इस सूतपुत्र से मैं विवाह नहीं करूँगी', ऐसा कहकर उसे बैठा दिया था, यह कथानक हमारे यहाँ बहुप्रचलित है; किंतु यह बात सत्य से दूर है। महाभारत की किसी भी आवृत्ति में द्रौपदी ने ऐसा कहा हो, ऐसा कहीं भी नहीं लिखा गया है। द्रौपदी जैसी कुलीन और सुशिक्षित कन्या भरी सभा में ऐसे कुवचन से किसी को संतप्त करे, इस पर विश्वास नहीं किया जा सकता। टी.वी. के प्रताप से यह बात घर-घर में भले ही पहुँच गई हो, कथाकार भले वर्षों से हमें बता रहे हों; पर यह बात बिलकुल झूठी है और महाभारत में कहीं इसका लेशमात्र उल्लेख नहीं है। कर्ण ने मत्स्यवेध करने का प्रयत्न किया था, पर वह निष्फल सिद्ध हुआ था, ऐसा उल्लेख महाभारत की किसी-किसी आवृत्ति में है; किंतु जिसे आज अधिकृत महाभारत कहा जाता है, ऐसी भांडारकर की आवृत्ति में तो

कर्ण द्वारा मत्स्यवेध का प्रयत्न किए जाने का भी उल्लेख नहीं है। कर्ण ऐसा समर्थ धनुर्धर था कि यदि प्रयत्न किया होता तो वह निश्चित ही निष्फल न जाता, ऐसा संभव है। अतः उसने प्रयत्न ही नहीं किया होगा, यह बात अधिक तर्कसंगत लगती है। वहाँ उपस्थित रहकर भी उसने प्रयत्न क्यों नहीं किया, यह अलग प्रश्न है।

ब्राह्मण वेशधारी अर्जुन ने जैसे ही मत्स्यवेध किया वहाँ भारी बवाल मच गया। अपमानित सभी राजा कर्ण की अगुवाई में अर्जुन के साथ युद्ध करने के लिए उद्यत हो गए। उस समय कर्ण और अर्जुन का प्रथम बार सामना तो हुआ, पर कर्ण अर्जुन से तत्काल कहता है, ''तुम्हारी धनुर्विद्या उत्तम है, पर तुम ब्राह्मण हो, राजा नहीं। ब्राह्मण से मैं युद्ध नहीं कर सकता।'' यह कहकर वह मैदान छोड़कर चल देता है। कर्ण के चले जाने के बाद अन्य राजा भीम और अर्जुन से परास्त हो गए। पांडव द्रुपद-कन्या को लेकर अपने ठिकाने पर आए। उस समय वे एक कुम्हार के घर गौशाला में रहते थे। रोज भिक्षा के लिए जानेवाले पुत्र आज समय पर वापस नहीं लौटे, इसलिए माता कुंती चिंता कर रही है। भीम, अर्जुन सहित पाँचों पांडव द्रौपदी के साथ ठिकाने पर आते हैं। युधिष्ठिर ने द्वार पर आकर कहा, ''माता! आज तो हम एक विशिष्ट भिक्षा लेकर आए हैं।'' माता कुंती अंदर से ही कुछ देखे-समझे बिना कह देती है, ''जो भी लाए हो, पाँचों भाई मिलकर उसका भोग करना।''

स्वयंवर की शर्त तो अकेले अर्जुन ने जीती थी, इसलिए द्रौपदी का पति बनने का अधिकार अकेले उसी का था। वह पाँच पतियों की पत्नी क्यों बनी, इस विचित्र घटना को समझाने का यह एक प्रयास मात्र है। माता का वचन तो व्यर्थ जा ही नहीं सकता और इसीलिए युधिष्ठिर ने ही द्रौपदी पाँचों पांडवों की पत्नी बने, ऐसा निश्चित किया है। हालाँकि ऐसा निश्चित करते समय युधिष्ठिर ने विवेक का उपयोग अवश्य किया है। उसने अर्जुन से कहा है, ''माता भले असावधानी से बोल गई हों,

किंतु द्रौपदी का विवाह तुम्हारे साथ ही हो, यह न्याय है। तुम्हीं उसका पाणिग्रहण करो।'' पर अर्जुन इनकार करता है। वह कहता है, ''एक ओर आप एवं भीम दोनों बड़े भाई हैं और दूसरी ओर माता का वचन है।'' परंतु वास्तविकता कुछ और ही है। सच बात तो यह है कि द्रौपदी को देखते ही पाँचों भाई उसके सौंदर्य से लुब्ध हो गए थे और उनमें से हर एक की आँख में काम व्याप्त हो गया था। युधिष्ठिर सहित अन्य भाई भी द्रौपदी को प्राप्त करना चाहते थे और उनकी यह लालसा प्रकट हो चुकी थी। अब द्रौपदी यदि अकेले अर्जुन की पत्नी बनती तो भविष्य में उनके बीच वैमनस्य हो, ऐसा भय था। इसीलिए माता के वचन का सहारा लेकर युधिष्ठिर ने द्रौपदी पाँचों भाइयों की पत्नी बने, ऐसा मार्ग ढूँढ़ निकाला, जिसे सभी भाइयों ने सहर्ष स्वीकार कर लिया। पाँचों भाई द्रौपदी को देखते ही काम से व्याप्त होकर विह्वल हो गए थे, इसका स्पष्ट उल्लेख महर्षि व्यास ने किया ही है।

पाँच पतियों की साझी पत्नी बनना सती धर्म के विरुद्ध था। इतना ही नहीं, यह नारीत्व के आदर्श के लिए भी लज्जास्पद था, फिर भी इस अद्‌भुत घटना को धर्म्य बताया गया है। भविष्य में भी भाइयों के बीच द्रौपदी के कारण मतभेद न हो, इसके लिए वर्ष के समय का निश्चित विभाजन करके एक समय में द्रौपदी एक ही पांडव की पत्नी बनी रहे, ऐसी विचित्र व्यवस्था भी की गई। इसके उपरांत जिस समय एक पति द्रौपदी के साथ एकांत में बैठा हो उस समय कोई अन्य उस खंड में प्रवेश भी न करे, ऐसा समझौता भी किया गया। इस समझौते और विभाजन में समझ, मनोवैज्ञानिक सूझ, दूरदृष्टि यह सब तो है ही, पर पाँचों भाई आरंभ से ही द्रौपदी के प्रति आसक्त हो गए थे, इसका भी साफ संकेत है।

द्रौपदी के व्यक्तित्व के सातत्य को दृष्टि में लें तो यह भी प्रश्न पैदा होता है कि जिस द्रौपदी ने हस्तिनापुर की द्यूतसभा में भीष्म आदि कुरु-वरिष्ठों से ''राजा युधिष्ठिर पहले अपने आपको हार गए थे तो

उसके बाद अपनी पत्नी को दाँव पर लगाने का अधिकार है भी क्या?'' यह चुभता हुआ सवाल पूछकर हैरान कर देती है, वही राजकन्या अपने विवाह के समय एक और एकमात्र अर्जुन द्वारा ही स्वयंवर की शर्त पूरी किए जाने के बावजूद सरे आम अधर्म कही जा सके, ऐसी पाँच पतियों की संयुक्त पत्नी बनने की यह व्यवस्था मूक भाव से स्वीकार कर लेती है, यह कैसे हुआ? द्रौपदी भी सूक्ष्म धर्म की ज्ञाता है और आगे जाने पर ऐसे अनेक कथानक हैं कि जहाँ धर्म से संबंधित प्रश्न पैदा होते हैं वहाँ द्रौपदी अपनी असहमति तर्कबद्ध ढंग से प्रकट भी करती है—फिर चाहे वह असहमति स्वयं कृष्ण के साथ हो या युधिष्ठिर के साथ।

इस विवाह के समय ही कृष्ण पहली बार द्रौपदी से मिलते हैं। कृष्ण का महाभारत में प्रवेश भी इस स्वयंवर के समय ही होता है। इसके पूर्व कथा में कहीं भी कृष्ण दिखाई नहीं देते। कृष्ण और द्रौपदी के सख्य का आश्चर्यजनक पहलू यह है कि पूरे महाभारत में कृष्ण ने द्रौपदी के साथ मुश्किल से चार-पाँच प्रसंगों में ही बातें की हैं। पहली बार उस समय जब द्रौपदी का पांडवों के साथ विवाह हुआ और गुप्त वेश छोड़कर पांडव प्रकट हुए और कृष्ण उस कुम्हार के घर पांडवों से मिले तब। पांडवों के साथ भी कृष्ण की यह पहली भेंट थी। महाभारत कथानुसार पांडवों से भी कृष्ण इसके पहले कभी नहीं मिले थे। (भागवत का कथानक इससे भिन्न है।) इस भेंट में द्रौपदी के साथ कृष्ण एक भी वाक्य नहीं बोले।

इसके बाद पांडव पत्नी सहित हस्तिनापुर आए और भीष्म द्वारा कराए गए समझौते के अनुसार उन्हें इंद्रप्रस्थ का अलग राज्य मिला। वर्षों भटकने के बाद पहली बार पांडव इंद्रप्रस्थ में स्थिर हुए। परंतु यह स्थिरता बहुत लंबे समय तक नहीं चलती। एक दिन महाराज युधिष्ठिर के साथ द्रौपदी एकांत में है। उसी समय एक ब्राह्मण की गायों की रक्षा का प्रश्न अर्जुन के समक्ष खड़ा हुआ। गायों का अपहरण करनेवाला भाग रहा था और अर्जुन के शस्त्र युधिष्ठिर के कक्ष में थे। भाइयों के बीच हुए

समझौते के अनुसार अर्जुन उस कक्ष में प्रवेश नहीं कर सकता था, तथापि गायों की रक्षा को अधिक महत्त्व देकर अर्जुन ने अंदर प्रवेश किया। परिणामस्वरूप गायें तो बच गईं, परंतु उसके लिए समझौते के भंग के प्रायश्चित्त के रूप में अर्जुन के लिए बारह वर्ष का अरण्यवास निश्चित हुआ।

यह अरण्यवास पूरा करके अर्जुन जब वापस लौटा तो कृष्ण की बहन सुभद्रा के साथ विवाह करके उसके साथ इंद्रप्रस्थ आया। वह सुभद्रा को द्रौपदी की सौत के रूप में ला रहा है, इससे द्रौपदी निश्चित ही रुष्ट होगी, यह अर्जुन जानता था। इसलिए पूर्व तैयारी के रूप में उसने खूब समझाकर सुभद्रा को द्रौपदी के पास विनम्रता से ग्वालिन के वेश में भेजा। इससे पहले ही जब वह द्रौपदी से मिला तो द्रौपदी ने उसका उपहास करते हुए कह दिया था कि "मेरे पास आने की अब आपको क्यों आवश्यकता है, कुंतीपुत्र? आप तो सुभद्रा के पास ही जाइए। आपने अपनी प्रेम-गाँठ के ऊपर दूसरी गाँठ मारी है, इससे पहली गाँठ शिथिल हो गई है।" अर्जुन एक कुलीन, शापित किंतु लुच्चे प्रेमी की भाँति बारंबार द्रौपदी से क्षमा माँगता है और सुभद्रा जब द्रौपदी को प्रणाम करती है तो द्रौपदी उसे क्षमा दे भी देती है।

यहाँ तक का द्रौपदी का जीवन तो ठीक-ठाक बीता है, पर इसके बाद जो घटनाएँ तेजी के साथ घटती हैं वे द्रौपदी के जीवन के अतिशय करुण और दारुण प्रकरण हैं। इन प्रकरणों का आरंभ राजसूय यज्ञ से होता है। राजसूय यज्ञ द्वारा पांडवों की सर्वोपरिता को मानो अन्य राजाओं ने स्वीकार किया। यहाँ तक तो ठीक था, किंतु इसके बाद मय दानव द्वारा निर्मित राजधानी के इस नगर और राजमहल की अपार समृद्धि को देखकर दुर्योधन जल उठता है। यहाँ जो घटना प्रचलित है उसके विषय में काफी मतभेद हैं। जल को स्थल मानकर चलते समय दुर्योधन के वस्त्र गीले हुए और स्थल को जल समझकर उसने वस्त्र उठाए, ऐसी उस राजमहल की रचना थी। यह प्रसंग महाभारत में सर्वत्र

है, किंतु यह देखकर द्रौपदी ने 'अंधे का पुत्र तो अंधा ही होगा ना' ऐसा सनसनाता ताना मारा, यह बात महाभारत की आवृत्ति में कहीं नहीं है। यह कथानक महाभारत की कई आवृत्तियों में है, किंतु द्रौपदी के पात्र का जो आभिजात्य और गौरव है, उसे देखते हुए द्रौपदी ने ऐसा वाक्य अपने जेठ जैसे श्रेष्ठ और आदरणीय व्यक्ति को कहा होगा, यह स्वाभाविक नहीं लगता। यदि वह ऐसा बोली हो तो महाविनाश की ओर खींच ले जानेवाली इसके बाद की सभी घटनाओं के लिए वह पूर्णत: उत्तरदायी मानी जा सकती है और उसके वस्त्र-हरण का दुर्योधन अथवा दु:शासन का घोर अपराध भी अपेक्षाकृत हलका हो जाता है। यद्यपि 'द्रौपदी के कारण ही क्षत्रिय कुल का संहार होगा', उसके जन्म की यह आकाशवाणी स्वीकार करें तो इस महाविनाश के मूल कारण में कुछ अंश तक उसे उत्तरदायी ठहराना पड़ेगा। ऐसी स्थिति में उसने दुर्योधन को गर्व से ताना मारकर प्रतिशोध की ज्वाला प्रज्वलित की होगी, यह बात स्वीकार करनी पड़ेगी।

राजसूय यज्ञ के समय यज्ञ पूरा होने के बाद अतिथियों को इंद्रप्रस्थ की सीमा तक छोड़ने के लिए जानेवाले पांडवों में द्रौपदी के पाँचों पुत्रों और सुभद्रा के पुत्र अभिमन्यु के नामों का उल्लेख है। इसका अर्थ यह हुआ कि इंद्रप्रस्थ के राज्य के दौरान ही द्रौपदी के पाँचों पुत्र उत्पन्न हो चुके थे। ये पाँचों पुत्र क्रमश: प्रतिविंध्य, सुतसोम, श्रुतकीर्ति, शतानीक और श्रुतकर्मा पाँचों पांडवों—युधिष्ठिर, भीम, अर्जुन, नकुल और सहदेव के पुत्र थे। अतिथियों को विदा करने के लिए गए इन पाँच द्रौपदी-पुत्रों का उल्लेख, इंद्रप्रस्थ में पांडवों द्वारा किए गए दीर्घ वास का भी स्पष्ट संकेत करता है।

राजसूय यज्ञ के समापन के तत्काल बाद ही द्यूतसभा का प्रसंग आता है। पांडवों की समृद्धि और सत्ता से प्रज्वलित होकर दुर्योधन ने हस्तिनापुर पहुँचकर तत्काल छल-कपट से यह सब हर लेने के लिए द्यूत का आयोजन किया। पिता धृतराष्ट्र की सम्मति से यह द्यूत खेला

गया और इस पासे के खेल में युधिष्ठिर इंद्रप्रस्थ का राज्य तो ठीक, पर अपने भाइयों, स्वयं अपने को और पत्नी द्रौपदी तक को दाँव पर लगाकर हार गया। पराजित पांडवों की आँखों के सामने ही उनकी प्रिय पत्नी को अपमानित करके उन्हें पूरा मानसिक संताप देने के उद्देश्य से ही मानो दुर्योधन ने द्रौपदी को सभा में ले आने की आज्ञा दी। इसके अतिरिक्त द्रौपदी अब दासी बन चुकी है, यह बताने के सिवा उसे सभा में लाने का और कोई उद्देश्य दिखाई नहीं देता। सबसे पहले जो दूत द्रौपदी को सभा में लाने के लिए गया उसकी बात सुनकर द्रौपदी ने उसे तुरंत वापस रवाना कर दिया था; इतना ही नहीं, उसके साथ एक प्रश्न भी समग्र सभा और विशेष रूप से युधिष्ठिर से पूछा, ''द्यूत में राजा स्वयं अपने आपको पहले हारे हैं कि मुझे पहले हारे हैं। यदि स्वयं अपने आपको पहले हारे हैं तो मुझे दाँव पर लगाने का उन्हें क्या अधिकार है?'' यह प्रश्न दूत जब भरी सभा में पूछता है तो युधिष्ठिर अचेत-से हो जाते हैं और अपने विश्वासपात्र दूत को भेजकर द्रौपदी को सभा में बुलाते हैं। युधिष्ठिर के बुलाने पर सभा में आकर द्रौपदी दूर पितामह भीष्म और श्वसुर धृतराष्ट्र के पास खड़ी रहती है तो दुःशासन वहाँ से उसे घसीटकर सभा-मंडप के बीचोबीच दुर्योधन के सामने लाता है। द्रौपदी रजस्वला है और एकवस्त्रा है। उसके लिए अपनी मर्यादा की रक्षा करना कठिन हो जाता है। दुःशासन उसका वस्त्र भी खींचने लगता है तो वह असहाय स्त्री अपनी मर्यादा की रक्षा करने के लिए तड़फड़ाने लगती है। आँखों के सामने ही पूरे विश्व को परास्त कर सकें, ऐसे समर्थ पति बैठे हैं; भीष्म, द्रोणाचार्य और कृपाचार्य जैसे कुरु प्रवीर बैठे हैं; किंतु इस स्त्री की मर्यादा क्षण-दो क्षण में नष्ट हो जाए, ऐसी कठिन स्थिति उत्पन्न हो चुकी है। चीत्कार करती द्रौपदी भीष्म से, द्रोण से, धृतराष्ट्र से—सभी से विनती करती है; पर वे सभी स्तब्ध हैं। पतियों के नाम ले-लेकर वह सहायता की याचना करती है, पर कोई कुछ नहीं कर सकता। द्रौपदी दासी है और दासी के साथ

जैसा चाहें वैसा व्यवहार करना धर्म्य है, यह विचित्र तर्क सभी स्वीकार करते हैं। उस समय द्रौपदी सखा कृष्ण को याद करके उन्हें पुकारती है। उस क्षण वह कहती है, ''इनमें से कोई मेरा नहीं, हे कृष्ण! क्या आप भी मेरे नहीं रहे?'' इन शब्दों के उच्चारण के साथ ही कथाकार जिसे कृष्ण की नौ सौ निन्यानबे चीर की रोमांचक घटना कहते हैं, वह घटना यहाँ है। यह घटना, कृष्ण ने चीर बढ़ाया और दु:शासन थक गया, इस रूप में महाभारत में नहीं। बात मात्र इतनी है कि द्रौपदी का कृष्ण के नाम का चीत्कार और अब तक वस्त्र खींचने का प्रयास करते दु:शासन का अपना प्रयास छोड़ देना—ये दोनों घटनाएँ एक साथ जुड़ गई हैं। दु:शासन के हाथ थक गए, इसलिए कपड़ों का ढेर लग गया, यह कथाकारों और टी.वी. की संयुक्त करामात है। महाभारत में ऐसा कोई कथ्य नहीं है। यहाँ मात्र एक संकेत ध्यान में लेने लायक है। द्रौपदी विपत्ति की इस कठिन घड़ी में अतिशय श्रद्धापूर्वक मात्र कृष्ण का स्मरण करती है। कृष्ण के प्रति श्रद्धा प्रकट हो, ऐसा कोई संकेत द्रौपदी के साथ के संबंध में कृष्ण ने पहले दिया नहीं।

इसके बाद सभा में उपस्थित द्रौपदी धर्म और न्याय की जो तीक्ष्ण दलीलें देती है, वे उसकी बुद्धिमत्ता के उच्च स्तर की प्रतीति कराती हैं। उस द्यूतसभा और उस अपमान के साथ जुड़े धर्म के सूक्ष्मातिसूक्ष्म तत्त्वों को वह अपने प्रश्नों में समेटकर भीष्म और द्रोण को अवाक् कर देती है। भीष्म द्रौपदी के प्रश्नों के उत्तर देने के बदले उनका भार स्वयं युधिष्ठिर पर डाल देते हैं। कहते हैं, ''युधिष्ठिर धर्म के समस्त तत्त्वों को जानते हैं और इन प्रश्नों के यथार्थ उत्तर वही दे सकते हैं।'' अंततः पत्नी पर तो पति का स्वामित्व अक्षुण्ण ही रहता है, यह तर्क देकर, स्वयं को हार जाने के बाद भी, द्रौपदी को दाँव पर लगाने की बात का युधिष्ठिर द्वारा अनुमोदन करने का प्रयत्न हुआ है।

परंतु इस समय क्रोधित भीम ने दो भयानक प्रतिज्ञाएँ सबको सुनाते हुए ली हैं। दु:शासन ने द्रौपदी के बाल खींचे थे और दुर्योधन ने

अपनी जाँघ उघाड़कर उस पर द्रौपदी को बैठने के लिए कहा था। इसके प्रत्युत्तर में भीम ने जो दो प्रतिज्ञाएँ लीं उनसे समग्र सभा भयभीत हो गई थी। भीम ने कहा, "यदि दु:शासन की छाती चीरकर मैं उसका रक्तपान न करूँ और दुर्योधन की जाँघ न तोड़ डालूँ तो मुझे पूर्वजों की गति प्राप्त न हो!"

एक ओर द्रौपदी—कुरुवंश की मर्यादा-स्वरूप कुलवधू—अर्धनग्न अवस्था में कुरुवंश की प्रतिष्ठा को धूल-धूसरित करती खड़ी थी और दूसरी ओर भीम की उस भयानक प्रतिज्ञा का भार। इन दोनों के बीच भीष्म-विदुर-द्रोणाचार्य आदि के धिक्कार के वाक्य। इन सबके बीच भयभीत, सहमे धृतराष्ट्र ने कुलवधू से वरदान माँगने के लिए कहा। धृतराष्ट्र कूटनीतिज्ञ है, पुत्रवधू के प्रति सहानुभूति का दिखावा करके वह इस भीषण क्षण से रक्षा प्राप्त करना चाहता था। उसकी यह चाल सफल भी हुई। धृतराष्ट्र का वरदान प्राप्त करके द्रौपदी ने तत्काल तो पतियों को दासत्व से मुक्त कराया और इंद्रप्रस्थ का खोया राज्य भी वापस ले लिया। धृतराष्ट्र ने प्रसन्न होकर यह सब वापस दे भी दिया।

यह सब पुन: प्राप्त करके पांडव जब इंद्रप्रस्थ की ओर वापस जा रहे थे—अभी मार्ग में ही थे कि हस्तिनापुर से पवन वेग से घोड़े पर आए दूत ने युधिष्ठिर को फिर द्यूत का एक और दाँव खेलने का धृतराष्ट्र का आमंत्रण दिया। द्यूत में सबकुछ खो देने के बाद भी धृतराष्ट्र के वचन से पांडवों को सब वापस मिल जाए, यह दुर्योधन कैसे सह सकता था! इसीलिए पिता से हठ करके युधिष्ठिर को फिर एक बार मात्र एक दाँव खेलने का आमंत्रण भेजा था। कोई समझदार व्यक्ति न ले, ऐसा निर्णय युधिष्ठिर ने लिया और इस आमंत्रण को स्वीकार करके वह भाइयों एवं पत्नी के साथ वापस हस्तिनापुर आया। इस बार दाँव में एक शर्त थी कि जो पक्ष हारेगा उसे तत्काल तेरह वर्ष का वनवास स्वीकार करना होगा। उसमें से बारह वर्ष का अरण्यवास और एक वर्ष का अज्ञातवास था। तेरहवें वर्ष में अज्ञातवास के दौरान यदि दूसरा पक्ष उन्हें पहचानकर

प्रकट कर दे तो पराजित पक्ष को फिर एक बार तेरह वर्ष का वनवास स्वीकार करना पड़ेगा। द्यूत का यह दाँव खेला गया और परिणाम जो सोचा हुआ था वही आया। शकुनि दाँव जीत गया और पांडव बड़े भाई की मूर्खता के कारण द्रौपदी के साथ वनवासी हुए।

□

# द्रौपदी-२

काम्यक वन में अरण्यवास के आरंभ का समय पांडव व्यतीत कर रहे थे तो एक दिन कृष्ण उनसे मिलने के लिए वहाँ आते हैं। हस्तिनापुर में जिस समय द्यूत खेला जा रहा था उस समय कृष्ण द्वारका में एक शत्रु का सामना करते हुए यादवों की रक्षा में रुके हुए थे। पांडवों के अरण्यवास का जब उन्हें पता चला तो कृष्ण काम्यक वन आ पहुँचे। किसी विपत्ति के समय कोई स्वजन मिल जाए तो व्यक्ति जिस प्रकार भाव-विभोर हो जाता है उसी प्रकार पांडव भी कृष्ण को देखकर भाव-विभोर हो गए। जो कुछ घटित हुआ था, उसके विषय में पांडवों को सांत्वना देकर कृष्ण ने कहा कि यदि उस द्यूतसभा में मैं उपस्थित रहा होता तो यह कोई भी घटना न होने देता। धृतराष्ट्र सहित सभी कौरवों को किसी तरह समझाकर या फिर बल-प्रयोग से रोक दिया गया होता, यह बात कृष्ण कहते हैं। उद्वेग का पहला उफान शांत होने के बाद द्रौपदी और कृष्ण के बीच का विस्तृत संवाद यहाँ आता है। इसके पहले कृष्ण और द्रौपदी के बीच कभी ऐसी कोई बात तो क्या, बात का संकेत भी नहीं है जिसमें इन दोनों के बीच सख्य या आत्मीयता प्रकट हुई हो। काम्यक वन के इस संवाद में द्रौपदी कृष्ण के साथ अपने मन में घुमड़ रही वेदना को जिस तरह वाणी देती है, उससे तो यही स्पष्ट होता है कि द्रौपदी के मन से, हृदय हलका करने के लिए, पांडवों से भी अधिक

कृष्ण ही निकट थे। द्यूतसभा में उसका जो घोर अपमान हुआ है उस पर आक्रंद करते हुए—सुबक-सुबककर रोते हुए—वह कृष्ण से कहती है, "कृष्ण! इस संसार में अब मेरा कोई नहीं, मेरे पति या मेरे पुत्र भी मेरे नहीं और हे कृष्ण! आप भी मेरे नहीं।" इस 'आप भी' में द्रौपदी कृष्ण के कितने निकट है, इसका स्पष्ट संकेत है। जब पति, पुत्र, पिता या भाई भी मेरे नहीं, ऐसी स्थिति में अन्य कोई तो ठीक 'कृष्ण भी नहीं', यह दारुण व्यथा है और व्यथा का यह चरम बिंदु इन चार शब्दों में प्रकट होता है। दूसरा कोई भले अपना न हो, दूसरे सभी भले छोड़ जाएँ, पर यदि कृष्ण अपने पास न हों तो पूरी तरह अनाथ हो जाए, यह असहायता का भाव ही यहाँ अपने परम स्वरूप में प्रकट होता है। यह भाव द्रौपदी को कृष्ण के अत्यंत समीप लाकर खड़ा कर देता है।

द्यूतसभा में पाँच-पाँच समर्थ पतियों की उपस्थिति में उसकी जो अवहेलना हुई, उसका पूरा विवरण उस समय के अपने मनोभावों के साथ उसने कृष्ण के समक्ष प्रकट किया है। जो पति अपनी पत्नी की रक्षा नहीं कर सकता उसके सामर्थ्य को धिक्कार है, यह कहकर वह चीत्कार कर उठती है। भीम और अर्जुन के पराक्रम को याद करके वह कहती है कि ये सारे पराक्रम व्यर्थ हैं। ये सभी बातें वह अपने हृदय में दबाकर रखती है। अब ये बातें भाप बनकर बाहर आ गईं। कृष्ण ने उसे सांत्वना दी और कहा, "द्रौपदी! जिन्होंने तुम्हारी यह दशा की है वे सभी मृत्युवश होकर भूमि पर गिरेंगे और उनकी स्त्रियाँ तुम्हारी ही तरह रुदन करेंगी, यह निश्चित है। इसलिए तुम स्वस्थ हो जाओ। तुम फिर एक बार महारानी के आसन पर विराजमान होगी, यह मेरा वचन है।"

कृष्ण के इस आत्मीय संस्पर्श से द्रौपदी शांत हो जाती है।

परंतु कृष्ण के समक्ष तत्काल चुप हो गई द्रौपदी की दिखाई देती मानसिक स्वस्थता सच्ची नहीं थी। उसके मन में अभी भी अपार घुटन थी। इस घुटन को प्रकट करने का अवसर भी उसने एक बार फिर ले लिया। एक शाम युधिष्ठिर समेत सभी पांडवों के साथ द्रौपदी बैठी थी।

उस समय धर्मराज युधिष्ठिर के साथ वह जो संवाद करती है उससे द्रौपदी कैसी विदुषी एवं तर्कबद्ध दलीलें करने में समर्थ मेधावी स्त्री है, यह प्रकट होता है। इसके साथ ही भले-भले आदमियों को भी दुःख या आपत्ति कैसे हचमचा डालती है, उसका भी यह उदाहरण है। दुःखों की परंपरा ऐसी है कि किसी भी तरह के मनुष्य के मन में ईश्वर के प्रति विश्वास जगा देती है, इसकी भी प्रतिध्वनि यहाँ सुनाई देती है। वह युधिष्ठिर से कहती है, "हे राजा! राजपाट छोड़कर ऐसी करुण अवस्था में हम पहुँच गए, फिर भी आपको दुःख नहीं होता? जिन कौरवों ने आपकी उपस्थिति में मेरा अपमान किया, जिन्होंने कपट से आपको अकिंचन बना दिया, उन पर आपको क्रोध नहीं होता? हे कुंतीनंदन! यदि आप क्रोध कर ही नहीं सकते तो क्षत्रिय पुत्र या राजा के रूप में आप निरर्थक हैं। जो राजा यथासमय क्रोध नहीं कर सकता वह प्रजा की रक्षा नहीं कर सकता। जिस व्यक्ति में क्रोध नहीं उस व्यक्ति को इस जगत् में कोई स्वीकार नहीं करता।" इतना कहने के बाद वह क्षमा और क्रोध इन दोनों के औचित्य के विषय में सुंदर आलेखन करती है। पुराण काल की राजा प्रह्लाद और उनके पुत्र विरोचन के बीच हुई बातचीत को याद करते हुए द्रौपदी कहती है, "हे पांडुपुत्र! क्षमा और क्रोध इन दोनों के बीच जो संतुलन साध सकता है वही श्रेष्ठ है। निरी क्षमा निरर्थक है। इतना ही नहीं, वह अधर्म भी है। जो व्यक्ति सतत क्षमाशील ही रहता है, उसे इस संसार में कोई महत्त्व नहीं देता। उसका परिवार भी उसे उचित सम्मान नहीं देता। निरे क्रोध के वश में रहनेवाला जैसे धिक्कार का पात्र होता है उसी तरह सतत क्षमाशील रहनेवाला भी धिक्कार का पात्र है।"

द्रौपदी के इस उबाल के प्रत्युत्तर में राजा युधिष्ठिर फिर एक बार क्षमाभाव का पुराना राग अलापने लगते हैं और समर्थ होते हुए भी क्रोध नहीं करनेवाला कितना महान् होता है, इसकी बात करते हैं। सुख-दुःख तो परमेश्वर का दिया होता है, उसे शांत चित्त से स्वीकार करना चाहिए, यही मनुष्य का धर्म है। इसके उत्तर में और भी संतृप्त हो उठी द्रौपदी

परमात्मा और मनुष्य के कर्म के विषय में कृष्ण के पूर्व ही जैसे 'गीता' की भूमिका प्रस्तुत करती हो, ऐसी कई बातें अत्यंत विस्तारपूर्वक करती है। जो परमात्मा मनुष्य को प्रारब्ध के मोह में फँसाकर कर्म से विमुख कर दे, उस परमात्मा के विषय में वह रोष प्रकट करती है। तमाम सत्कर्म करने के बाद भी यदि महाराज युधिष्ठिर और उनके भाइयों की ऐसी दशा होती हो तो यह परमात्मा और यह प्रारब्ध किस काम का? जो व्यक्ति धर्म की रक्षा करता हो, उस व्यक्ति की रक्षा यदि धर्म न करे तो उस धर्म का क्या अर्थ है? ऐसे तीखे प्रश्न भी वह पूछती है। धर्म के नाम पर इतना छले जाने के बाद भी यदि आप धर्म और क्षमा की ही बात करें तो इसका अर्थ यही है कि आपकी बुद्धि विपरीत हो गई है। परमात्मा प्रत्येक मनुष्य को उसके कर्म के अनुसार नहीं, बल्कि अपनी इच्छा के अनुसार खिलौने की तरह इधर-उधर फेंकता है और इसीलिए अब तो परमात्मा की आपकी बात भी मेरे गले नहीं उतरती।

द्रौपदी का यह कथन किसी नास्तिक के कथन जैसा लगता है। युधिष्ठिर द्रौपदी के इस कथन में निहित औचित्य की ओर उसका ध्यान खींचते हैं तो यह व्यथित नारी कहती है, ''महाराज! मैं ईश्वर की निंदा नहीं करती, बल्कि कर्मयोग की उपासना करती हूँ। आप कर्म में प्रवृत्त होकर अपनी खोई हुई समृद्धि और कीर्ति पुनः प्राप्त करें, इतना ही मेरा कहना है। यह बृहस्पति नीति मैंने सीखी है और आपको बता रही हूँ।''

द्रौपदी पाँच पतियों की साझी पत्नी है, परंतु इन पाँचों पतियों के लिए द्रौपदी ही एकमात्र पत्नी नहीं है। भीम ने हिडिंबा के साथ विवाह किया था, यह हम जानते हैं और अर्जुन ने सुभद्रा के साथ विवाह किया था, यह भी हम जानते हैं। सुभद्रा के पूर्व अर्जुन ने उलूपी और चित्रांगदा के साथ भी विवाह किया था, यह बात भी थोड़ी-बहुत हम जानते हैं। पर यह बात शायद ही हम जानते होंगे कि इन दोनों के अलावा युधिष्ठिर समेत प्रत्येक पांडव ने अन्य एक या ज्यादा स्त्री के साथ विवाह किया था। द्रौपदी से विवाह के बाद स्वयं युधिष्ठिर एक स्वयंवर में उपस्थित

होकर देविका नाम की एक राजकन्या को ब्याह लाए थे। इसी प्रकार भीम, अर्जुन, सहदेव और नकुल—ये चार भाई भी एक-एक अतिरिक्त स्त्रियाँ समय-समय पर ब्याहकर लाए हैं। इस तरह भीम की तीन पत्नियाँ, अर्जुन की चार और अन्य पांडवों की दो-दो पत्नियाँ हैं। उनमें से द्रौपदी से हुए पुत्रों की संख्या पाँच है तो अन्य रानियों से हुए एक-एक पुत्र भी हैं। हस्तिनापुर में बसे इन पुत्रों के अतिरिक्त घटोत्कच, बभ्रुवाहन व इरावान् आदि पुत्र हैं। पांडवों ने जब अरण्यवास स्वीकार किया तो द्रौपदी के पाँचों पुत्रों तथा सुभद्रा का पुत्र अभिमन्यु इन छह पुत्रों का पालन-पोषण और शिक्षा-दीक्षा द्वारका में होती है। शेष रानियों और उनके पुत्रों के विषय में कोई स्पष्टता महाभारत में नहीं मिलती। कुंती हस्तिनापुर में विदुर के यहाँ रहती है और सुभद्रा इन छह पुत्रों को लेकर द्वारका चली गई थी।

अरण्यवास के दौरान द्रौपदी और सत्यभामा के बीच हुई एक मुलाकात भी उन दोनों के बीच हुई चर्चा के कारण ध्यान देने योग्य है। जिस प्रकार कृष्ण के साथ हुए संवाद में और उसके बाद युधिष्ठिर के साथ हुए विवाद में द्रौपदी के व्यक्तित्व के दो अलग-अलग पहलू प्रकट होते हैं, उसी प्रकार सत्यभामा के साथ हुए उसके संवाद में भी द्रौपदी के व्यक्तित्व का एक शक्तिशाली पक्ष प्रकट होता है। सत्यभामा द्रौपदी से एकांत में एक अतिशय महत्त्व का गोपित प्रश्न पूछती है, "हे याज्ञसेनी! तुम अकेले ही इन पाँचों पतियों को कैसे वश में रख पाती हो? तुम्हारे ये पाँचों पति समर्थ हैं और तुम अकेली हो, फिर भी ये पाँचों ही तुम्हारे प्रति समान प्रेमभाव रखते हैं। यह तुम कैसे प्राप्त कर पाती हो? मुझे कोई ऐसा उपाय बताओ कि इस कृष्ण को भी मैं तुम्हारी ही तरह अपने वश में रख सकूँ।" सत्यभामा का यह प्रश्न किसी भी परिणीता स्त्री का शाश्वत प्रश्न है।

इसके उत्तर में महाभारतकार ने पूरे दो अध्यायों में द्रौपदी के मुख से जो बातें कहलवाई हैं उनमें से कुछ बातें संभवतः आज के नारी-

स्वातंत्र्य के इस युग में थोड़ी अप्रासंगिक लगें, फिर भी ये नारी-धर्म की, विशेष रूप से पत्नी-धर्म की और वह भी हमारे देश और समाज के संदर्भ में एक भगवद्‌गीता ही है, ऐसा अनुभव हुए बिना नहीं रहेगा। पति-पत्नी के बीच आज जो तनाव या संघर्ष दिखाई देता है, उसका रहस्य जैसे उस युग में द्रौपदी जानती थी। इसीलिए अपनी सफलता का रहस्य बताते-बताते वह कई शाश्वत बातें कह जाती है। सबसे पहले तो सत्यभामा को जैसे फटकार लगा रही हो, इस तरह द्रौपदी उससे कहती है, ''हे सखी! पति को वश में करने का कोई उपाय ढूँढ़ने की बात ही गलत है। यदि किसी पति को यह पता चले कि उसकी पत्नी उसे अपने वश में करने का उपाय खोज रही है तो यह बात उसे कभी अच्छी नहीं लगेगी। इसलिए पति को वश में करने की बात गलत है। इसके बावजूद पति-पत्नी के बीच के सफल और सुखदायी संबंधों के लिए एक पत्नी के रूप में मैं कैसा व्यवहार करती हूँ, यह मैं आपको बताती हूँ।'' यह क़हकर द्रौपदी अपने दांपत्य जीवन की कई बातें उसे बताती है। ये बातें आज के संदर्भ में भी उतनी ही प्रासंगिक हैं। द्रौपदी कहती है, ''हे बहन! घर में मैं सबसे पहले निद्रा का त्याग करती हूँ और सबके बाद निद्रावश होती हूँ। मेरे पति को जो भोजन पसंद नहीं, वह मैं कभी नहीं बनाती। पति के मित्रों का मैं सत्कार करती हूँ; पर पति को जिन लोगों के प्रति द्वेष है, उनके साथ मैं कभी बात नहीं करती। अपनी सास को मैं सबसे पहले सम्मान देती हूँ, जिससे कि उनके पुत्र प्रसन्न रहें। मैं पति पर क्रोध नहीं करती और बिना कारण हँसती भी नहीं। पति बाहर से आते हैं तो हाथ-पैर धोने के लिए और पीने के लिए पानी रखती हूँ और पति को भोजन कराए बिना कभी भोजन नहीं करती। मैं पति के सामने हमेशा स्वच्छ और सुघड़ रहती हूँ, किंतु बहुत अधिक आभूषण धारण नहीं करती। पति अपना काम दास-दासियों को करने के लिए कहें तो भी मैं ही स्वेच्छा से कर देती हूँ। पुत्रों और पति के बीच विवाद होता है तो मैं हमेशा पति का ही पक्ष लेती हूँ।''

ये सभी बातें आज के संदर्भ में किसके लिए कितनी प्रासंगिक हैं, यह संभवत: व्यक्तिगत प्रश्न है; परंतु इसमें निहित सच्चाई हमारे देश-काल के संदर्भ में आज भी जस-की-तस है, इससे इनकार नहीं किया जा सकता।

परंतु द्रौपदी अभागी स्त्री है। आपत्ति उसका पिंड अरण्य में भी नहीं छोड़ती। पांडव जिस समय बाहर गए हुए हैं और द्रौपदी अकेली है, ऐसे समय में सिंधु देश का राजा जयद्रथ उसे देखता है और मोहित होकर उससे पांडवों का त्याग करके अपनी पत्नी बनने का अनुनय करता है। जयद्रथ की इस अघटित बात के विरोध में द्रौपदी एक सर्पिणी की भाँति जो फुंकार मारती है, उससे उसका मात्र स्त्रीत्व ही नहीं, वीरत्व भी प्रकट होता है। एक बार तो वह उसे बलपूर्वक ले जाने के लिए समीप आए जयद्रथ को जोर से धक्का देकर जमीन पर गिरा भी देती है। द्रौपदी मात्र कोमलांगी ही नहीं, वीरांगना भी है, इसका यह प्रमाण है। द्रौपदी के चरित्र में क्षमा-भाव की अपेक्षा प्रतिशोध-भाव का महत्त्व अधिक है। इसीलिए जयद्रथ के शिकंजे से भीम और अर्जुन ने उसे मुक्त किया तो वह युधिष्ठिर की क्षमा-भावना को लक्ष्य में लेकर कहती है, ''भीम! इसे जीवित नहीं छोड़ना। पराई स्त्री अथवा पराए धन का अपहरण करनेवाले को कभी क्षमा नहीं करना चाहिए, उसका तो वध ही करना चाहिए।'' द्रौपदी जब यह कहती है तो देखने में सामने भले ही जयद्रथ हो, पर उसके मन में दुर्योधन ही होगा, यह सहज ही समझा जा सकता है। किंतु उसके ऐसा कहने के बाद भी युधिष्ठिर ने जयद्रथ को क्षमा करके जीवित ही छोड़ दिया था।

यहाँ एक रसप्रद बात यह है कि राजा जयद्रथ जिस समय द्रौपदी का अपहरण करने का प्रयास कर रहा था उस समय वहाँ उपस्थित धौम्य ऋषि ने उसे रोकते हुए कहा है, ''हे राजा जयद्रथ! द्रौपदी के पाँचों पतियों को पराजित किए बिना तुम इसका अपहरण करो, यह धर्म्य नहीं।'' इसका अर्थ यह हुआ कि पति को हराकर उसकी पत्नी को उठा

ले जाने का अधिकार-बल, यह विजय धर्म ने स्वीकार किया है। बलपूर्वक किसी की स्त्री को उठा ले जाने को धर्म कैसे समर्थन दे सकता है, यह प्रश्न यहाँ उपस्थित होता है।

अरण्य में जयद्रथ द्वारा सताई द्रौपदी अज्ञातवास के तेरहवें वर्ष में भी क्षेम-कुशल नहीं रह पाती। द्यूत की शर्त के अनुसार वनवास का तेरहवाँ वर्ष अज्ञातवास के रूप में बिताना था और इसके लिए पांडवों ने विराट नगरी के राजमहल में विविध सेवा कार्य स्वीकार करके निवास किया। द्रौपदी विराट की रानी सुदेष्णा की दासी बन गई। दासी बनने के लिए वह जब मैले वस्त्र धारण करके रोती-रोती राजमार्ग पर घूम रही थी, उस समय रानी ने उसे देखा। द्रौपदी ने मात्र भोजन और रक्षण के बदले दासी के रूप में काम माँगा तो रानी ने सशंकित होकर उससे कहा, "तू दासी जैसी तो नहीं लगती।" इतना कहकर द्रौपदी के अनुपम सौंदर्य का अत्यंत रसप्रद वर्णन करने के बाद वह कहती है, "तू तो कश्मीर देश की स्त्री जैसी लगती है। कश्मीर का यह उल्लेख और कश्मीर अर्थात् सौंदर्य यह पर्याय विशेष रूप से सांकेतिक हैं। द्रौपदी को स्वीकार करने में रानी को एक और बात का भय है। द्रौपदी इतनी अधिक सुंदर है कि उस पर मोहित होकर राजा विराट भी कहीं रानी के वश से बाहर न निकल जाएँ। अंततः द्रौपदी को रानी के केश गूँथने का काम सौंपा गया।"

दुर्भाग्य ने यहाँ भी द्रौपदी का पीछा नहीं छोड़ा। विराट का सेनापति और रानी सुदेष्णा का भाई कीचक द्रौपदी को देखते ही काम-विह्वल हो गया और येन-केन-प्रकारेण उसे प्राप्त करने के प्रयास करने लगा। उसके इन प्रयासों में उसकी बहन सुदेष्णा ने भी साथ दिया। अब द्रौपदी के लिए खुद को बचा पाना कठिन हो गया। यहाँ एक समस्या-मूलक श्लोक है। रानी की आज्ञा से रानी के लिए सुरा लेने के लिए द्रौपदी कीचक के पास गई तो अपनी रक्षा के लिए उसने सूर्य की प्रार्थना की है और सूर्य ने उसकी रक्षा का प्रबंध किया। द्रौपदी ने इसके पूर्व या

इसके पश्चात् कभी भी सूर्य की उपासना नहीं की। सूर्य कर्ण का पिता है, यह बात द्रौपदी न जानती हो, ऐसा संभव है; पर संकट की घड़ी में सहायता के लिए उसने सदैव कृष्ण को याद किया है। इस बार उसने सूर्य से प्रार्थना की होगी, ऐसा प्रश्न किसी के भी मन में उठ सकता है और सूर्य ने यदि इस बार उसकी सहायता की तो फिर इसके बाद संकट आने पर उसने कभी दूसरी बार सूर्य को क्यों नहीं याद किया?

एकांत में कीचक ने द्रौपदी की मर्यादा हरने के लिए उसका हाथ पकड़कर खींचा तो जिस तरह जयद्रथ जैसे योद्धा को एक जोरदार धक्का देकर द्रौपदी ने भूमि पर पछाड़ दिया था उसी तरह यहाँ भी कीचक जैसे महाबलवान् पुरुष को भी वह धक्का मारकर धराशायी कर देती है। इसमें द्रौपदी की शारीरिक शक्ति से भी अधिक उस पुरुष की कामवश स्थिति के कारण उत्पन्न हुई अशक्ति कारणभूत रही हो, यही तर्कसंगत लगता है।

द्रौपदी द्वारा धक्का दिए जाने के बाद कीचक रक्षा के लिए भरी सभा में भागकर आई द्रौपदी को पकड़ता है, भूमि पर पटकता है और लात मारता है। इस प्रकार भरी सभा में अपने पाँचों पतियों की आँखों के सामने द्रौपदी एक बार फिर अपमानित होती है। इसके बावजूद हस्तिनापुर की तरह ही यहाँ भी कोई कुछ नहीं कर सकता। द्रौपदी ने जिस तरह धृतराष्ट्र और भीष्म से न्याय माँगा था उसी तरह यहाँ भी वह राजा विराट से न्याय माँगती है; पर भीष्म की तरह विराट भी कह देते हैं, ''तुम दोनों के बीच क्या हुआ, यह मैंने तो देखा नहीं, इसलिए कुछ नहीं कह सकता।''

उस रात द्रौपदी चुपचाप भीम से मिली। भीम रसोइए के रूप में वहाँ गुप्तवास कर रहा था। भीम से मिलकर द्रौपदी ने एक बार फिर उसकी रक्षा करने को कहा। उसकी व्यथा यहाँ भी उसके एक-एक शब्द से टपकती है। अपने दुर्भाग्य पर वह रोती है। कीचक के वध के बिना अब वह यहाँ सुरक्षित नहीं रह सकती, ऐसा वह भीम से कहती है।

इसके बाद भीम ने कीचक के वध के लिए आयोजन किया और इस आयोजन के अनुसार दूसरे दिन द्रौपदी कीचक से मिली। कीचक द्रौपदी के कथन से प्रसन्न हो गया। रात में नृत्यशाला में मिलने के लिए द्रौपदी ने उसे आमंत्रण दिया और इस आमंत्रण पर कीचक जब वहाँ पहुँचा तो बलिष्ठ भीम पहले से ही वहाँ उसकी प्रतीक्षा कर रहा था। दोनों के बीच द्वंद्व युद्ध हुआ और भीम ने कीचक को मार डाला। कीचक को मारने की भीम की रीति अत्यंत घातकी है। कीचक की गरदन एवं उसका मस्तक उसकी छाती में घुसेड़ दिया और हाथ-पैर कुचलकर उसके पेट के साथ मांस के लोथड़े जैसा कर डाला। उस समय कीचक की मदद करने के लिए आए उसके एक सौ एक भाइयों ने कीचक की इस दुर्दशा के लिए द्रौपदी को उत्तरदायी ठहराकर उसे कीचक के शरीर के साथ बाँध दिया और शव को द्रौपदी के साथ ही उठाकर वे श्मशान ले गए। अतिशय कँपकँपी उठे और हृदय काँप उठे, ऐसा यह दृश्य है। काल भले-भलों की कैसी अवदशा कर सकता है, इसका यह अद्‌भुत उदाहरण है।

पर द्रौपदी की इस अवदशा की बात कीचक का वध करके अपने रसोईघर में वापस चुपचाप पहुँच चुके भीम के कानों में पड़ चुकी थी। वह फिर एक बार वेश बदलकर श्मशान पहुँच गया। कीचक के सभी भाइयों को भीम ने अकेले मार डाला और मृत देह से बँधी द्रौपदी को मुक्त किया।

इस घटना से राजा विराट भयभीत हो गया और द्रौपदी को पुनः दासी के रूप में महल में रखने से इनकार कर दिया। द्रौपदी के लिए यह विकट क्षण था। अज्ञातवास का तेरहवाँ वर्ष लगभग पूरा होने को ही था और उसे पूरा होने में मात्र तेरह दिन ही शेष रह गए थे, इसलिए उसके पहले ही कहीं उनकी वास्तविकता प्रकट न हो जाए, इस भय से उसने रानी सुदेष्णा से प्रार्थना की, ''मात्र तेरह दिन कृपा करिए, महारानी।''

और महारानी ने कृपा भी की।

स्त्री का सौंदर्य उसकी सबसे बड़ी पूँजी भी है और उसका सबसे

बड़ा शत्रु भी। द्रौपदी के संदर्भ में यह बात बार-बार सही सिद्ध हुई है। महाभारतकार ने द्रौपदी के देह-लालित्य का जितना वर्णन किया है, जितने विवरण दरशाए हैं उतने किसी भी स्त्री पात्र के विषय में नहीं दरशाए हैं। यज्ञ की ज्वाला से जब वह प्रकट हुई, उस समय भी महाभारतकार ने उसके रूप के विषय में बात की है तो द्यूतसभा में महाराज युधिष्ठिर जब पत्नी द्रौपदी को दाँव पर लगाते हैं उस समय भी भरी सभा में उनके मुँह से 'ऐसी लावण्यमयी पत्नी को मैं दाँव पर लगाता हूँ' कहलवाकर महर्षि व्यास ने द्रौपदी के सौंदर्य का भरपूर वर्णन किया है। द्रौपदी महल में हो या अरण्य में, खांडव वन में विहार कर रही हो या फिर पुत्रों की मृत्यु पर विलाप कर रही हो, हर समय वह चिर यौवना और सौंदर्यमयी ही दिखाई गई है। सत्यवती, कुंती, गांधारी—ये सभी कालक्रम में वृद्धत्व प्राप्त करती हुई दिखाई देती हैं; पर द्रौपदी को जर्जरित, वृद्ध और कालग्रस्त हुई दिखाने की कल्पना तो स्वयं व्यास ने भी, हिमालय के स्वर्गारोहण के प्रसंग में भी, नहीं की।

□

# द्रौपदी-३

द्यूत की शर्त के अनुसार पांडवों के वनवास का तेरहवाँ वर्ष अज्ञातवास के रूप में पूरा हुआ। अज्ञातवास के दौरान उन्हें ढूँढ़ निकालने के दुर्योधन के प्रयास उसकी गणितीय भूल और भीष्म-द्रोण के पांडव-पक्षीय शुद्ध तर्क के कारण सफल नहीं हुए। सौर वर्ष और चांद्र वर्ष की गणना में जो कुछ दिन आगे-पीछे होते हैं, उसका लाभ लेकर भीष्म और द्रोण ने तेरहवाँ वर्ष पूरा हो गया है, ऐसा प्रतिपादन किया। विराट नगरी में कीचक के वध के बाद भीम को पहचान लेना किसी के लिए भी कठिन नहीं था। कीचक-वध की बात जानकर दुर्योधन ने विराट नगरी में पांडव छिपे हों तो उन्हें प्रकट होने को विवश करने के लिए विराट नगरी पर आक्रमण भी किया और इस आक्रमण का सोचा हुआ परिणाम भी आया। राजा विराट के यहाँ बृहन्नला के रूप में रह रहे अर्जुन ने कौरवों का सामना किया और दुर्योधन से द्रोण तक सभी ने उसे युद्ध के मैदान में पहचान लिया; पर उस समय तेरह वर्ष पूरे हो गए हैं, ऐसा भीष्म ने प्रतिपादन किया और इसलिए अब द्यूत की शर्त लागू नहीं हो सकती, ऐसा निर्णय दिया। इस तरह दुर्योधन की गणना थोड़ी गणितीय चूक के कारण गलत सिद्ध हुई।

अब इंद्रप्रस्थ का राज्य पांडवों को वापस सौंपे जाने का प्रश्न खड़ा हो, यह सहज था। द्यूत खेलते समय निश्चित की गई शर्त के

अनुसार तो मात्र तेरह वर्ष के अरण्यवास की ही बात थी। तेरह वर्ष के बाद राज्य न मिले, ऐसी कोई स्पष्टता नहीं थी। इसका अर्थ यही है कि तेरह वर्ष के अंत में पराजित पक्ष को उसका राज्य वापस सौंप दिया जाना चाहिए। किंतु दुर्योधन के मन में तो पहले से ही पाप था। तेरहवें वर्ष में अज्ञातवास के दौरान पांडवों का पता लगाकर या तो उन्हें वापस तेरह वर्ष के लिए वन में भेज दिया जाए या फिर इन तेरह वर्षों के अंतराल में समग्र राज्य में अपनी अबाधित सत्ता स्थापित करके किसी भी तरह पांडवों का नामोनिशान मिटा दिया जाए, ऐसी दुर्योधन की धारणा थी। किंतु उसकी ये दोनों ही धारणाएँ गलत सिद्ध हुईं। पांडव तेरहवें वर्ष में सफलतापूर्वक गुप्तवास में रहे और अब वे अपना राज्य भी वापस माँग रहे थे।

इस कालावधि में दुर्योधन को समझाने के जो प्रयास हुए हैं, उसमें मुख्य प्रयास स्वयं कृष्ण ने किया है। पहला विष्टिकार राजा द्रुपद का राजपुरोहित और उसके बाद हस्तिनापुर से धृतराष्ट्र का संदेशवाहक बना संजय है। ये दोनों प्रयास निष्फल हो जाने के बाद युद्ध के बादल पूरे-पूरे घिर गए और महाविनाश जबड़ा फाड़कर आ खड़ा हुआ तो कृष्ण स्वयं ही अंतिम प्रयत्न करके समाधान करने के लिए हस्तिनापुर जाते हैं। उस समय अज्ञातवास त्यागकर पांडव उपप्लव्य में रहते थे। उपप्लव्य में राजा विराट, द्रुपद, कृष्ण सभी पांडवों के साथ हैं। हस्तिनापुर जाने के पहले कृष्ण सभी का मंतव्य जानना चाहते हैं। युधिष्ठिर तो पहले से ही शांतिप्रिय और समाधानवादी हैं, इसलिए सर्वनाश करके राज्य प्राप्त करने की अपेक्षा शांतिपूर्वक यदि पाँच गाँव भी प्राप्त किया जा सके तो वे सबकुछ छोड़ देने के लिए तैयार हैं। युधिष्ठिर का यह दृष्टिकोण उनकी प्रकृति के अनुरूप भी है; पर उनके इस दृष्टिकोण का अब भीम और अर्जुन भी समर्थन करते हैं। भीम और अर्जुन कोई युधिष्ठिर की तरह शांतिप्रिय और समाधानवादी नहीं हैं और यदि युद्ध हो तो शत्रुओं का नाश करने के विषय में उन्हें अपने सामर्थ्य पर विश्वास

भी है; पर युद्ध तो अंततः विनाशक ही है और जिनका विनाश होने वाला है वे दोनों में से किसी भी पक्ष के होंगे तो स्वजन ही। यह निर्वेद भाव दोनों में उभर आता है। इस प्रकार कृष्ण हस्तिनापुर जाने के पहले जिस वातावरण का निर्माण कर रहे हैं, उसमें पांडव पक्ष में किसी भी मूल्य पर सुलह का दृष्टिकोण बलवतर है। परंतु उस समय एकमात्र द्रौपदी ही उग्र विसंवाद का स्वर प्रकट करती है।

युधिष्ठिर, भीम, अर्जुन इन तीनों की बात सुन लेने के बाद कृष्ण द्रौपदी से भी मिलते हैं और उस समय द्रौपदी फिर एक बार अपनी याज्ञसेनी प्रकृति के अनुसार कृष्ण से कहती है, ''हे कृष्ण! अधर्म का पालन करनेवाले को जो दंड नहीं देता वह क्षत्रिय स्वयं अधर्म का आचरण करता है। महाराज युधिष्ठिर की बात मानकर आप भी यदि दुर्योधन को दंड नहीं देंगे तो इस अधर्माचरण के आप भी भागीदार होंगे। मैं महाराज द्रुपद की पुत्री, पांडवों की पत्नी और आपकी सखी हूँ। परंतु ऐसा होते हुए भी मेरी जो अवहेलना भरी सभा में हुई है, उसे क्षमा करने का अधिकार आप में से किसी को नहीं है। यदि भीम और अर्जुन भी अपनी आँखों के सामने हुए मेरा मर्यादा-भंग भूल जाने के लिए तैयार हों तो उनके सामर्थ्य को धिक्कार है। यदि आप भी उनकी बात को स्वीकार करके मेरे जिन लंबे केशों को दुःशासन ने खींचा था उसे भूलने को तैयार हों तो मेरे वृद्ध पिता, मेरा प्रतापी भाई और मेरे पुत्र मिलकर अब कौरवों के साथ लड़ लेंगे!''

द्रौपदी में प्रतिशोध-भाव का प्राधान्य है—क्षमा-भावना उसका लक्षण नहीं है। उसका जो अपमान हुआ था, उसे भूल जाने के लिए वह तैयार नहीं। सर्वनाश होता है तो हो, किंतु वह कुछ भी भूल जाना नहीं चाहती। इस भावना से प्रेरित होकर ही वह अपने पतियों और स्वयं कृष्ण के सामने भी आक्रंद कर उठती है। कोई भी स्त्री अपनी ससुराल में—पति के घर में अपना चाहा हुआ न होने पर अपने पिता या भाई से जैसी सहज अपेक्षा रखती है वैसी ही स्त्री-सहज अपेक्षा द्रौपदी भी यहाँ प्रकट

करती है। वह रोषपूर्वक कह देती है, "आप यदि मेरी बात स्वीकार नहीं करेंगे तो अपने पिता और भाई से कहकर मैं इसका प्रतिशोध लूँगी।" द्रौपदी की यह फुंकार सहज है, किंतु तार्किक नहीं; क्योंकि यदि कृष्ण, अर्जुन या भीम युद्ध में न हों तो द्रुपद या धृष्टद्युम्न का कोई सामर्थ्य नहीं, यह बात इस मानसिक असंतुलन के क्षण में द्रौपदी भूल जाती है। उसका यह मानसिक असंतुलन सहज है, इसलिए रोचक और मानवीय भी लगता है।

द्रौपदी का रुदन और उसके रुदन के पीछे जो उचित कारण है, उससे कृष्ण भी भला कैसे इनकार कर सकते हैं! कृष्ण रोती हुई द्रौपदी को शांत करते हुए कहते हैं, "द्रौपदी! तुम निश्चिंत रहो, तुमने बहुत सहन किया है। तुम्हारे दुःख का अंत अवश्य आएगा। जिन्होंने तुम्हारा अपमान किया है उनका अपमान अब अवश्य होगा। तुम्हें जिन्होंने रुलाया है, वे सभी अब रोएँगे। मैं प्रतिज्ञापूर्वक कहता हूँ कि तुम्हारा प्रतिशोध अवश्य तृप्त होगा।"

इस प्रकार सुलह के लिए गए कृष्ण एक तरह से तो युद्ध की मानसिक पूर्वभूमिका के साथ ही गए थे।

द्रौपदी के जीवन का सबसे करुण क्षण कौन था, यह प्रश्न यदि किसी के मन में उठे तो इसका उत्तर देना कठिन हो जाए। ऐसे एक-से-एक करुण क्षण उसके जीवन में आए हैं। अब तक युद्ध की पूर्व संध्या तक स्वयं द्रौपदी भी द्यूतसभा में उसकी जो अवदशा हुई उसे ही अपने जीवन का करुणतम क्षण मानती हो, ऐसा लगता है, जो सहज ही है; किंतु उसका दुर्दैव ऐसा है कि उसके जीवन का करुणतम क्षण अब आता है। जिस युद्ध की द्रौपदी को चाह थी वह युद्ध हुआ, द्रौपदी की प्रतिशोध-भावना तृप्त हुई। दुर्योधन की जाँघ टूटी और दुःशासन के हाथ उसके शरीर से अलग हो गए। युद्ध के अठारहवें दिन विजय अंकित हो गई और दुर्योधन सहित समग्र कौरव सेना का नाश हो गया। इस संतोष के क्षण में द्रौपदी के जीवन के सबसे दारुण क्षण का निर्माण हुआ।

अठारहवें दिन की रात पांडव सेना के शिविर में निद्रालीन विजेता पांडव सेनापति धृष्टद्युम्न और द्रौपदी के पाँचों पुत्रों की अश्वत्थामा ने हत्या कर डाली। यह युद्ध नहीं था—युद्ध में ऐसा हुआ होता तो उन लोगों ने वीरगति पाई है, यह मानकर द्रौपदी ने जिस प्रकार अभिमन्यु का मरण स्वीकार किया था उसी प्रकार इस दुर्घटना को भी स्वीकार कर लिया होता। किंतु यहाँ तो उन छह लोगों को क्षात्र-धर्म के विरुद्ध मार डाला गया था। विजय का यह क्षण इस अप्रत्याशित घटना से अत्यंत कलुषित और हृदय-द्रावक हो गया। द्रौपदी आक्रंद कर उठी। उसके पिता तो युद्ध में द्रोण के हाथों इसके पहले ही मृत्यु प्राप्त कर चुके थे। अब भाई भी गया। उसके मायके का मार्ग ही जैसे समूल उजड़ गया। इतना भी जैसे अधूरा हो, उसके पाँच युवा पुत्र भी अब मौत के घाट उतर गए। वह धैर्य, स्वस्थता, सामान्य संतुलन—सबकुछ गँवा दे, यह स्वाभाविक है। आघात तो युधिष्ठिर सहित सभी पांडवों को भी लगा ही होगा, पर द्रौपदी को सँभाल लेने का प्रयास भीम करते हैं। वह उसे सांत्वना देते हैं तो यह माननी स्त्री फिर एक बार संतुलन खोकर पतियों को ही दोष देती है, "हे राजा! आप तो अब सिंहासन पर बैठकर राज्य भोगेंगे, पर मैं अपने पुत्रों और भाई की घातकी हत्या कैसे भूल सकती हूँ?" और ऐसा कहते समय उसे केवल अपने पुत्र ही नहीं, सुभद्रा का पुत्र अभिमन्यु भी याद आता है। वह आगे कहती है, "महाराज! आपको तो अब शायद अभिमन्यु भी याद न आए और ये पराक्रमी अर्जुन भी अब मेरे साथ राज्य का सुख भोगने में सबकुछ भूल जाएँगे। पर मैं इन हत्याओं का बदला लिये बिना शांति नहीं पाऊँगी। हे धर्मराज! आप सभी इस हत्यारे अश्वत्थामा का नाश नहीं करेंगे तो मैं अन्न-जल त्यागकर अपने प्राण तज दूँगी।"

यहाँ भी मृत्यु के आघात से बढ़कर द्रौपदी की प्रबल प्रतिशोध-भावना ही प्रदीप्त होती है। अश्वत्थामा ब्राह्मण है, तिस पर गुरु-पुत्र है और ब्राह्मण यदि पाप-कर्म करे तो भी अवध्य ही है, ऐसा धर्म-प्रतिपादन स्वयं द्रौपदी ने ही इसके पहले कृष्ण के विष्टि प्रसंग में उपप्लव्य में

किया है। ब्राह्मण अवध्य है, पर अन्य शत्रुओं का वध तो करना चाहिए, ऐसा उसने कृष्ण से कहा था, वह भूलकर अब इस दारुण क्षण में द्रौपदी अश्वत्थामा का वध करने का न केवल आग्रह करती है बल्कि हठ भी करती है।

और अश्वत्थामा का पीछा करके भीम और अर्जुन ने उसे परास्त भी किया। अश्वत्थामा ने ब्रह्मास्त्र का प्रयोग किया और प्रत्युत्तर में अर्जुन ने भी ब्रह्मास्त्र का प्रयोग करके अश्वत्थामा को तो निस्तेज कर दिया, पर उसी क्षण व्यास, नारद आदि महर्षियों ने प्रकट होकर दोनों से अपने-अपने अमोघ ब्रह्मास्त्रों को वापस लेकर सृष्टि को सर्वनाश से बचा लेने के लिए कहा। (एक तरह से देखें तो यह ब्रह्मास्त्र आज का परमाणु बम ही है।) अर्जुन ने तो अपना ब्रह्मास्त्र वापस लौटा दिया, क्योंकि उसका शस्त्र-संधान रक्षा के लिए था, किसी के नाश के लिए नहीं; किंतु अश्वत्थामा का शस्त्र-संधान तो नाश के लिए था। अब वह नाश किए बिना शांत नहीं हो सकता था। अंततः पांडव वंश के एकमात्र संभावित उत्तराधिकारी, उत्तरा के गर्भ में पल रहे बालक पर उसका संधान हुआ। जन्म के पूर्व ही यह गर्भ उन सभी पूर्व सूरमाओं की वैराग्नि में होम होकर भस्म हो गया। अर्जुन ने अश्वत्थामा को जीवित पकड़ लिया और अब वह चाहता तो उसका वध एक क्षण में कर सकता था; पर अश्वत्थामा ब्राह्मण और गुरु-पुत्र है, इसलिए अवध्य है, यह मानकर पांडव उसे जीवित छोड़ देते हैं। परंतु कुकर्म करनेवाले को दंड दिए बिना छोड़ देने से तो छोड़ देनेवाला भी अपराधी सिद्ध होता है, इसलिए उसे दंड तो मिलना ही चाहिए। अश्वत्थामा के मस्तक में एक तेजस्वी मणि थी। अर्जुन वह मणि उसके मस्तक से उतार लेता है। मणि-रहित होकर अश्वत्थामा दुर्गंध से भर जाता है और उस दुर्गंधमय अवस्था में ही वह पृथ्वी पर तीन हजार वर्ष तक भटकता रहे, इस शाप के साथ कृष्ण उसे मुक्त कर देते हैं।

अश्वत्थामा के मस्तक से छीनी गई यह मणि भीम द्रौपदी को देते

हैं। उस समय तक द्रौपदी आघात के पहले प्रहार से मुक्त हो चुकी होती है। यह मणि पाकर उसे अश्वत्थामा के वध के समान मान वह शांत हो जाती है।

पुत्रों की हत्या के इस प्रसंग में द्रौपदी के जीवन का दुर्बल कहा जाए, ऐसा एक दूसरा पक्ष भी प्रकट होता है। इस अपमृत्यु से वह काँप उठे और युधिष्ठिर या भीम-अर्जुन को उपालंभ दे, यहाँ तक तो ठीक है, पर वह स्वयं कृष्ण को भी इस क्षण नहीं छोड़ती। अश्वत्थामा को पकड़ने के लिए भीम जब उसके पीछे दौड़ते हैं तो उस समय अश्वत्थामा ब्रह्मास्त्र जैसा अमोघ अस्त्र जानता है और भीम अब अस्त्र के सामने लाचार होकर मृत्यु प्राप्त करेंगे, यह कृष्ण जानते थे—अश्वत्थामा के ब्रह्मास्त्र का प्रतिकार तो मात्र अर्जुन ही कर सकते थे। ऐसी स्थिति में कृष्ण युधिष्ठिर से कहते हैं, "महाराज युधिष्ठिर! आप भीम को वापस बुलाइए।" भीम को वापस बुलाने के पीछे का कृष्ण का उदात्त भाव द्रौपदी सह नहीं पाती। वह शोक और आघात से विह्वल हो गई है। कृष्ण भीम को वापस बुलाकर अश्वत्थामा को अधिक दूर तक भाग जाने का कहीं अवसर तो नहीं दे रहे हैं, ऐसी अघटित शंका उसके मन में प्रकट होती है और अपनी इस शंका के समर्थन में वह कृष्ण से जो बात कहती है उसे कृष्ण—और मात्र कृष्ण—ही सहन कर सकते हैं—अन्य किसी का भी यह सामर्थ्य नहीं। कृष्ण ने द्यूतसभा में उसकी रक्षा करने से लेकर अपनी इस प्रिय सखी के लिए क्या-क्या किया था, वह सबकुछ द्रौपदी उस क्षण भूल जाती है और कोई भी व्यक्ति सुनकर जल उठे, ऐसा कुवचन वह कृष्ण को सुनाती है। श्रीमद्भागवत में भी इस कथानक का विस्तृत आलेखन हुआ है, परंतु यह आलेखन महाभारत के कथानक से एकदम भिन्न है, यह ध्यान में रखना चाहिए। राज्य और वैभव कैसे-कैसे को जन्म देते हैं, संबंधों का कैसा उच्छेद कर डालते हैं, इसका यह एक उत्तम उदाहरण है। (हालाँकि महाभारत में ऐसा भी स्पष्ट उल्लेख मिलता है कि अश्वत्थामा अठारहवें दिन की रात पांडवों की हत्या करने

वाला है, इस बात को कृष्ण पहले से ही जानते थे। अश्वत्थामा द्रौपदी के पुत्रों या धृष्टद्युम्न की हत्या नहीं करना चाहता था। वह तो शिविर में पाँच पांडु-पुत्र सो रहे हैं, यह मानकर चुपचाप घुसा था। कृष्ण को ऐसे किसी षड्यंत्र की पहले से ही जानकारी थी तो फिर उन्होंने हर बार की तरह इस दुर्घटना को टालने के लिए क्यों पहले से कोई आयोजन नहीं किया, ऐसा प्रश्न खड़ा हो सकता है।)

हस्तिनापुर के राजसिंहासन पर इसके बाद पूरे छत्तीस वर्ष तक द्रौपदी ने महारानी के रूप में राजसुख भोगा है। एक तरह से देखें तो ये छत्तीस वर्ष द्रौपदी के लिए सुख के वर्ष कहे जा सकते हैं, किंतु पाँच पुत्रों को गँवा चुकी यह द्रौपदी अपनी उत्तरावस्था में सुख कैसे प्राप्त कर सकती है? पांडव कुल का एकमात्र वंशज उत्तरा का गर्भ बाद में कृष्ण के कारण ही जीवित हुआ है और इस प्रकार वंश अटूट रहा, यह सही है; पर यह तो मात्र सांत्वना ही हुई न।

छत्तीस वर्ष के अंत में गांधारी के शाप के अनुसार कृष्ण का देहोत्सर्ग हुआ और समग्र यदुकुल नाश को प्राप्त हुआ। कृष्ण के देह-त्याग का यह समाचार अर्जुन ही सर्वप्रथम हस्तिनापुर लाए। इस बीच कुंती, गांधारी, धृतराष्ट्र सभी कालधर्म प्राप्त कर चुके हैं। कृष्ण के देहावसान के साथ ही युधिष्ठिर अपने भाइयों और पत्नी द्रौपदी को जाग्रत् करते हैं, "अब हमें भी कालवश होना चाहिए।" स्वयं काल आकर ग्रस्त कर जाए, उसके पूर्व ही काल के वश में होने के लिए स्वेच्छया जाना आत्महत्या नहीं, कालधर्म है। इसमें काल का गौरव है—मनुष्य का भी यह गौरव है। पांडव यह गौरव स्वीकार करके हस्तिनापुर को अकेला छोड़कर हिमालय के हिमाच्छादित शिखरों के बीच शेष आयु निर्विकार भाव से व्यतीत करने के लिए निकल पड़ते हैं। अब कहीं भी स्थायी निवास नहीं करना है। निवास भी माया जगाता है। अब माया से तो मुक्त होना है। पाँचों भाई और छठी द्रौपदी एक के पीछे एक शिखरों पर कदम रखते हुए आगे और आगे बढ़े जा रहे हैं—अब कोई

तृष्णा शेष नहीं रह गई है और जो कुछ जिया, जो जिया गया वह भी जैसे अनंत में विलीन हो गया हो, इस तरह मात्र निर्विकार भाव से आगे बढ़ते हुए इन हिमशिखरों के बीच सर्वप्रथम द्रौपदी पर्वतों पर गिर पड़ी। वह खड़ी नहीं हो सकी। यह उसकी मृत्यु का क्षण था। पाँच पतियों के होते हुए मृत्यु ने सर्वप्रथम द्रौपदी को ही क्यों ग्रस्त किया, यह प्रश्न भीम के मन में पैदा होता है। मृत्यु की अब कोई व्यथा नहीं, कोई शोक नहीं। भीम के मन में मात्र प्रश्न उत्पन्न होता है—द्रौपदी क्यों हम सब में प्रथम कालवश हुई?

महाराज युधिष्ठिर भीम के प्रश्न का जो उत्तर देते हैं, जो समाधान करते हैं वह भी कोई कम विवादास्पद नहीं। भीम को उत्तर देते हुए युधिष्ठिर कहते हैं, ''भीम! द्रौपदी हम पाँचों भाइयों की साझा पत्नी थी। इसके बावजूद द्रौपदी के मन में अर्जुन के प्रति सदैव विशेष प्रेम रहा था। पत्नी-धर्म के लिए यह ठीक नहीं था और इसीलिए इस अधर्माचरण के कारण द्रौपदी सबसे पहले कालवश हुई।'' युधिष्ठिर के इस स्पष्टीकरण को अन्य पांडव स्वीकार कर लेते हैं, कोई विवाद नहीं करता; किंतु हमारे मन में तो यह प्रश्न उठता ही है कि द्रौपदी आखिर तो अर्जुन द्वारा ही प्राप्त हुई थी। अर्जुन का ही उस पर एकमात्र अधिकार था। अर्जुन ने यह अधिकार छोड़ दिया और पाँचों भाइयों के साथ संयुक्त रूप से उसका विवाह हुआ, यह सही है; किंतु इससे अर्जुन के प्रति द्रौपदी के मन में स्वयंवर के समय जो भाव प्रकट हुआ होगा उससे इनकार कैसे किया जा सकता है? ऐसा कोई भाव रहा हो तो भी द्रौपदी ने उसे प्रकट नहीं होने दिया था, तथापि द्रौपदी के मन में ऐसा भाव आजीवन रहा था, यह सत्य युधिष्ठिर सदैव जानते थे, यह तथ्य यहाँ उजागर होता है। द्रौपदी का अंतिम श्वास चल रहा है—धर्मराज युधिष्ठिर की बात वह सुनती भी है, परंतु अब जबकि वह अवाच हो गई है—सभी भावनाओं से परे हो गई है, उसके हृदय की यह बात जिसे उसने स्वयं अपने हृदय में ही गाड़ दिया होगा, वह युधिष्ठिर सदा से जानते थे, यह जानकर

कैसा लगा होगा, यह तो हमारे लिए कल्पना का ही विषय हो सकता है।

कृष्ण और द्रौपदी के बीच के सख्य की बात भी थोड़ी विचार करने जैसी है। मात्र विश्व-साहित्य में ही नहीं, तमाम मानवीय संबंधों में स्त्री-पुरुष के बीच का यह सख्य-भाव अद्वितीय और अनिर्वचनीय है। कृष्ण-द्रौपदी के बीच जिसे बातचीत कहते हैं, ऐसा संवाद तो पहली बार द्यूत में पांडवों के पराजित होने के बाद अरण्यवास के दौरान हुआ है। इसके पहले दो बार—एक बार स्वयंवर के अवसर पर और दूसरी बार खांडव वन में विहार के समय दोनों मिले हैं, किंतु तब उन दोनों के बीच संवाद होने का कोई उल्लेख महाभारत में नहीं है, तथापि इन दोनों के बीच जो सख्य और परम श्रद्धाभाव है, उसका कहीं जोड़ नहीं मिल सकता। कृष्ण की अपनी बहन सुभद्रा तो है ही, किंतु द्रौपदी के प्रति कृष्ण का भाव सुभद्रा-भाव नहीं है। वह कृष्ण के लिए बहन से कुछ विशेष है। इस संबंध का कोई नाम नहीं और जो संबंध अनामी होता है उसमें पारस्परिक अपेक्षा नहीं होती। अपेक्षा-रहित संबंधों की यह सर्वोच्च भूमिका है। इसमें किसी अन्य भाव का हेत्वारोपण कोई करे तो उसे विकृत मनोदशा से पीड़ित रोगी ही कहना चाहिए। इन संबंधों में जो रहस्य है वही उनका सौंदर्य है।

ऐसी चिर यौवना शाश्वती के स्वरूप जैसी द्रौपदी के आयुकाल के वर्ष जितने रोमांचक हैं उतने ही हृदय-विदारक भी हैं। जैसाकि द्रौपदी स्वयं कहती है, वह अजमीढ़ कुल की पुत्रवधू, समर्थ पतियों की पत्नी, महारथी धृष्टद्युम्न की बहन, परम पुरुष कृष्ण की सखी, पाँच प्रतापी पुत्रों की माता है; तथापि उसे काल ने सदैव दुर्भाग्यशाली रखा। उस महाकाल को नतमस्तक होकर प्रणाम ही करना पड़ेगा।

□

# सुभद्रा

नगाड़े की आवाज और शंखनाद के बीच बाँसुरी का सुर चाहे जितना मधुर हो, सुना नहीं जा सकता है। शाखा-प्रशाखाओं से भरपूर वट वृक्षों के समूह से धरती भर गई हो तो किसी कोने में उगे तुलसी के बिरवे पर किसी की नजर जल्दी नहीं पड़ती। महाभारत के प्रमुख पात्रों की भीड़ के बीच सुभद्रा के पात्र की भी यही दशा हुई है। विशेष रूप से महाभारत के स्त्री पात्रों की बात करें तो सत्यवती या गंगा से लेकर द्रौपदी तक सभी पात्र इतने तेजस्वी और बहुरंगी हैं कि सुभद्रा का पात्र सहसा दृष्टिगोचर ही नहीं होता। फिर भी सुभद्रा का एक सौम्य और अलग व्यक्तित्व भी है और सच कहें तो एक माता के रूप में सुभद्रा का योगदान द्रौपदी से भी बढ़कर है। रामायण में जैसे सुमित्रा या उर्मिला पर सहसा नजर नहीं पड़ती उसी तरह महाभारत में सुभद्रा पर जल्दी किसी की नजर नहीं पड़ती। अयोध्या के राजमहल में कौशल्या या कैकेयी छा गई हों, ऐसा लगता है। उसके बाद सीता का प्रभुत्व दिखाई देता है, पर सुमित्रा या उर्मिला कभी-कभार दिखाई देती हैं या दो-चार वाक्य बोलती हैं, उसी के आधार पर हमें उनके व्यक्तित्व को समझ लेना पड़ता है। महाभारत में सुभद्रा का स्थान भी इसी प्रकार का है।

सुभद्रा कृष्ण की सगी छोटी बहन है। 'सगी' शब्द का प्रयोग यहाँ उद्देश्यपूर्वक किया है। आदिपर्व में कृष्ण जब पहली बार अपनी इस

बहन का परिचय अर्जुन को देते हैं तो 'यह सारण की सगी बहन' और उसके बाद 'मेरी भी बहन है', ऐसा कहते हैं। सारण कृष्ण का सगा भाई नहीं है। वह वसुदेव की दूसरी पत्नी रोहिणी से उत्पन्न हुआ पुत्र है। भागवत कथा के अनुसार, सुभद्रा देवकी की पुत्री है और कृष्ण के जन्म के कई वर्षों बाद उसका जन्म हुआ है। इस प्रकार सुभद्रा के विषय में दो उपकथाएँ हैं। (कृष्ण के पिता वसुदेव की कुल बीस पत्नियाँ थीं और हर पत्नी के पाँच-पाँच, दस-दस संतानें हुई हैं, ऐसा भागवत में उनके नामों के साथ उल्लेख है!) वह कृष्ण की सगी बहन हो तो भी वे एक ही पिता की संतानें थीं, ऐसा अर्थ लगाया जा सकता है—माताएँ अलग हो सकती हैं, नहीं भी हो सकती हैं; पर कृष्ण और सुभद्रा के बीच आयु का अंतर बहुत बड़ा होगा, यह निश्चित है।

इंद्रप्रस्थ में पांडव राज्य कर रहे थे, उस दौरान अर्जुन ने एक धर्म-संकट टालने के लिए वैवाहिक जीवन की एक निश्चित मर्यादा का उल्लंघन किया था। द्रौपदी पाँच भाइयों की साझे की पत्नी थी और वर्ष के दिनों को पाँच भागों में बाँटकर पाँचों भाई उसके साथ पति के रूप में समय बिताते थे। जब एक भाई अपने क्रम के अनुसार द्रौपदी के साथ पति के रूप में रह रहा हो तो उस दौरान अन्य कोई भाई उसके कक्ष में प्रवेश न करे, ऐसा समझौता हुआ था। पर गायों के झुंड को हरकर ले जाते हुए लुटेरों का पीछा करने के लिए एक बार अर्जुन को शस्त्रों की जरूरत पड़ी और वे शस्त्र बड़े भाई युधिष्ठिर के कक्ष में थे। उस समय द्रौपदी युधिष्ठिर की पत्नी थी। यह धर्म-संकट था और अर्जुन ने गायों को छुड़ा लाने के शुभ आशय से उस समझौते का उल्लंघन किया। गायें तो बच गईं, पर उसके बाद समझौते की शर्त के अनुसार अर्जुन को बारह वर्ष तक ब्रह्मचर्य का पालन करना और अरण्यवास करना जरूरी था। इस समझौते के अनुसार अर्जुन इंद्रप्रस्थ छोड़कर अरण्यवास के लिए गया और अरण्यवास की इस अवधि में लगभग ग्यारहवें वर्ष वह द्वारका नगरी के पास स्थित रैवतक पर्वत पर कृष्ण से मिलने के लिए आया।

रैवतक पर्वत पर उस समय द्वारका के सभी यादव वन-विहार के लिए आए हुए थे। उनमें यादव-कन्याएँ, और यादव-पत्नियाँ भी थीं। कृष्ण और अर्जुन पहाड़ के एक शिखर से इस यादव वृंद को देख रहे थे और बातें कर रहे थे। उसी समय उस वृंद में खुशी से फिरकती सुभद्रा पर अर्जुन की नजर पड़ी। अर्जुन पाँचों पांडवों में सबसे अधिक रसिक था और स्त्रियों के साथ उसका संबंध भी अच्छा रहा है। सुभद्रा को देखते ही अर्जुन की आँखों में काम प्रकट हुआ और प्रकट हुए काम के ये स्फुलिंग कृष्ण की तीनों लोकों के आर-पार देख सकनेवाली दृष्टि से अनदेखे कैसे रह सकते थे। अर्जुन के कान उमेठते हों, इस तरह कृष्ण ने उससे कहा, ''लो, इसे क्या कहा जाय? वनवासी की आँख में भी यह चमक? सच बोलो, तुम्हें यह कन्या पसंद है? तो तुम्हारी व्यवस्था मैं ही कर दूँ!''

अर्जुन के लिए तो यह 'जो रोगी को भावे, वही वैद्य बतावे' वाली बात हुई। उसने कृष्ण से कहा, ''हे अच्युत! कहिए, किस उपाय से यह कन्या प्राप्त होगी?'' इसके बाद कृष्ण ने उसे एक उपाय सुझाया, ''देखो भाई! क्षत्रिय कन्या की प्राप्ति या तो स्वयंवर से होती है या फिर हरण से। सुभद्रा का स्वयंवर होगा तो वह तुम्हें ही चुनेगी, यह विश्वासपूर्वक नहीं कहा जा सकता है, इसलिए दूसरा धर्ममार्ग उसका हरण करके ले जाना है। तुम यदि इसके लिए तैयार हो तो मेरी सम्मति है।''

यहाँ किसी के भी मन में यह सवाल उठ सकता है कि कृष्ण ने अपनी बहन का हरण करने की योजना क्यों बनाई होगी? इसका उत्तर कृष्ण के बड़े भाई बलराम के एक निर्णय में है। बलराम अपनी इस बहन का विवाह दुर्योधन के साथ करना चाहते थे। दुर्योधन गदायुद्ध में बलराम का शिष्य था, इसलिए बलराम के मन में उसके लिए स्नेहभाव तो था ही। यदि ऐसा हुआ तो दुर्योधन रिश्ते में कृष्ण और बलराम का बहनोई हो जाएगा और बहन का यह रिश्ता अर्जुन या पांडवों के मामा-बुआ के भाई के संबंध से अधिक गाढ़ा और निकट का हो जाएगा। कुरुक्षेत्र के

महायुद्ध को तो अभी वर्षों की देर थी, पर पांडवों और कौरवों के बढ़ते जा रहे अंतर और कड़वाहट की गंध तो कृष्ण को मिल ही गई होगी, इसलिए उन्होंने बहुत लंबे समय की दृष्टि से विचार किया होगा कि सुभद्रा को दुर्योधन की पत्नी के बजाय यदि अर्जुन की पत्नी बनाया जाय तो अर्जुन और पांडवों के साथ उनका और इस तरह से यादवों के सख्य पर मजबूत गाँठ लग जाएगी।

इसके उपरांत एक अन्य भी बात कृष्ण के मन में रही हो, ऐसा संभव है। अरण्यवास के दौरान ब्रह्मचर्य व्रत का पालन करने की शर्त रखी गई थी, इसके बावजूद युक्तिपूर्वक इस शर्त का उल्लंघन करके अर्जुन पहले ही उलूपी एवं चित्रांगदा नामक दो स्त्रियों के साथ वितह कर चुका था और उन दोनों से उसे संतानें भी हुई थीं। इस प्रकार तीन-तीन पत्नियों के होते हुए भी सुभद्रा को देखते ही अर्जुन की आँखों में काम की चमक उभरी थी। कृष्ण को लगा होगा कि अर्जुन यदि एक बार सुभद्रा के साथ विवाह-बंधन में बँध जाएगा तो उसके बाद कहीं दूसरी जगह नजर डालना उसके लिए असंभव हो जाएगा, क्योंकि सुभद्रा कृष्ण की बहन थी और कृष्ण की मर्यादा भी अर्जुन को अन्य कोई साहस करने से रोकेगी। और सचमुच ऐसा ही हुआ भी!

किंतु यह तो एक अवधारणा का प्रश्न है। महाभारत में व्यास मुनि ने स्पष्ट रूप से ऐसा कुछ नहीं कहा है।

इसके बाद पूर्व निर्धारित योजना के अनुसार अर्जुन ने सुभद्रा का हरण किया। बलराम सहित सभी यादव अत्यंत क्रोधित हो गए। अर्जुन को पकड़कर दंड देने के लिए सभी ने शस्त्र भी धारण किए। उस समय कृष्ण ने सबका रोष शांत किया। सुभद्रा के लिए अर्जुन कितना अच्छा पति होगा, यह बात कृष्ण ने यादवों को समझाई। अर्जुन के साथ युद्ध करना कितना गलत होगा, यह भी सभी यादवों को समझाया और इसके बाद इस विवाह को संपन्न कराने के लिए भाग रहे अर्जुन को वापस बुलाकर द्वारका में ही यह विवाह संपन्न कर दिया। विवाह

करने के बाद अरण्यवास का अंतिम और बारहवाँ वर्ष अर्जुन ने सुभद्रा के साथ ही बिताया।

अरण्यवास की यह अवधि पूरी होने के बाद अर्जुन पत्नी सुभद्रा को लेकर वापस इंद्रप्रस्थ आया। आते ही वह अकेले ही द्रौपदी से मिला तो द्रौपदी ने सुभद्रा के साथ उसके विवाह को लेकर रोष और उपालंभ व्यक्त किया है। अर्जुन का उसके प्रति प्रेमभाव कम हो गया है, ऐसा वह ताना भी मारती है। किंतु बाद में सुभद्रा जब एक गोप कन्या के रूप में आकर द्रौपदी को प्रणाम करके कहती है, ''बड़ी बहन! मैं तो आपकी सेवा करने के लिए आई हूँ।'' तो द्रौपदी अपना रोष भूलकर प्रेमपूर्वक उसे स्वीकार भी करती है। इसके बाद दोनों सपत्नियाँ (सौतें) सगी बहनों की तरह रही हैं और कहीं भी कटुता या घृणा दिखाई नहीं दी। इंद्रप्रस्थ के इस सुख-चैन से बीत रहे दिनों में ही सुभद्रा ने अभिमन्यु को जन्म दिया है। (सुभद्रा गर्भवती थी, उस समय कृष्ण ने एक राक्षस की हत्या करके उसका जीव एक पेटी में बंद कर दिया था और यह जीव पेटी खोलते ही सुभद्रा के गर्भ में चला गया था, इसलिए कृष्ण अभिमन्यु को अपना शत्रु मानकर उसका वध कराना चाहते थे, इस लोकप्रिय कथा का कोई मूल महाभारत में नहीं है।) जन्म के बाद अभिमन्यु ने पिता अर्जुन से धनुर्विद्या एवं शस्त्र-विद्या सीखी और उसके बाद राजसूय यज्ञ हुआ तो आमंत्रित अतिथियों को छोड़ने के लिए वह इंद्रप्रस्थ की सीमा तक गया था, ऐसा उल्लेख है। इसका अर्थ यह हुआ कि इंद्रप्रस्थ में सुभद्रा का यह ससुरालवास लंबा चला था।

इसके बाद हस्तिनापुर में द्यूतसभा हुई, द्रौपदी का चीर-हरण हुआ। पांडवों ने राज्य खोया और तेरह वर्ष का वनवास स्वीकार किया। पांडव पत्नी द्रौपदी के साथ जब वन में गए तो सुभद्रा अपने पुत्र अभिमन्यु और द्रौपदी के पाँचों पुत्रों को लेकर अपने मायके द्वारका चली गई है। द्वारका में रहकर उसने पुत्र के लालन-पालन और शिक्षा-दीक्षा का काम सँभाला है। इस तरह किशोरावस्था लगभग पार करके तारुण्य में प्रवेश

करनेवाले पुत्रों की शिक्षा का काम उनकी शिक्षा की दृष्टि से अत्यंत महत्त्वपूर्ण काल में सुभद्रा ने सँभाला है। पांडवों के इस अरण्यवास के दौरान सुभद्रा इन सभी छह पुत्रों को लेकर उनसे मिलने के लिए एक बार काम्यक वन में गई है। उस समय द्रुपद-पुत्र धृष्टद्युम्न भी वहाँ उपस्थित है। उस समय द्रौपदी के पाँचों पुत्रों को धृष्टद्युम्न अपने साथ ले जाता है।

तेरह वर्ष का वनवास पूरा हुआ और उसके बाद महायुद्ध भी हुआ। वनवास के तेरहवें वर्ष के अंत में ही सुभद्रा के पुत्र अभिमन्यु का विवाह राजा विराट की पुत्री उत्तरा के साथ हुआ। उस विवाह के बाद थोड़े ही समय में कुरुक्षेत्र का युद्ध हुआ और अभिमन्यु इस युद्ध में कौरव सेनापति द्रोण द्वारा रचे गए चक्र व्यूह में लड़ते हुए मारा गया। अभिमन्यु की मृत्यु पर सुभद्रा जिस समय विलाप कर रही होती है उस समय द्रौपदी की ही तरह वह भी भीम-अर्जुन और अपने सगे भाई कृष्ण तथा समस्त यादवों को धिक्कार उठती है। "जो समर्थ होते हुए भी पुत्र अभिमन्यु की रक्षा नहीं कर सके उन सबको धिक्कार है!" ऐसा वह कहती है! पुत्र की मृत्यु के समय माता का हृदय जो आक्रंदन करता है, वही यहाँ व्यक्त हुआ है। रणभूमि में पड़े पुत्र के रक्त और धूल से सनी देह पर ढहकर करुण विलाप कर उठती है। उसका यह विलाप अंततः कृष्ण के सांत्वना भरे संस्पर्श से शांत होता है।

युद्ध की समाप्ति के बाद युधिष्ठिर का राज्याभिषेक हुआ और सब कुछ ठीक-ठाक करके कृष्ण द्वारका गए। सुभद्रा उस समय कृष्ण के साथ द्वारका गई है। द्वारका में वयोवृद्ध पिता वसुदेव पुत्र कृष्ण से युद्ध के संबंध में पूछते हैं तो कृष्ण अठारह दिन के युद्ध का वृत्तांत संक्षेप में उन्हें सुना देते हैं। इस वृत्तांत में वे कहीं भी अभिमन्यु की मृत्यु का उल्लेख नहीं करते। यह वृत्तांत सुन रही बहन सुभद्रा और वृद्ध पिता को शोक होगा, यह सोचकर कृष्ण अभिमन्यु की मृत्यु के विषय में पहले मौन रहे, परंतु बाद में वसुदेव के आग्रह पर उस दिन युद्ध में जो हुआ, सब बता देते हैं। वसुदेव के पूछने में भी दौहित्र अभिमन्यु कहीं युद्ध में

भयभीत होकर तो मृत्यु को प्राप्त नहीं हुआ था, ऐसी वीरोचित जिज्ञासा ही है। भाई के मुख से एक बार फिर यह करुणांतिका सुनकर बेहोश हो जाती है।

किंतु इसके बाद शीघ्र ही सुभद्रा कृष्ण के साथ हस्तिनापुर वापस लौटती है। हस्तिनापुर में बालिका वधू उत्तरा गर्भवती है और उसके गर्भ का जन्म के पूर्व ही नाश हो चुका था। उसको पुनः जीवित करने का कठिन काम कृष्ण ने एक चुनौती के रूप में स्वीकार किया था। वह क्षण समीप आ रहा था और उत्तरा ने मृत बालक को जन्म दिया। उस क्षण सास सुभद्रा वहाँ मौजूद थी और अपने भाई कृष्ण को उनके द्वारा दिए गए वचन का स्मरण दिलाकर विलाप करते हुए वह कहती है, ''हे भाई! आपने ही तो कहा था कि दुरात्मा अश्वत्थामा के दुष्ट मनोरथ सफल नही होंगे। अब उसके इस मनोरथ को विफल करें। यदि ऐसा नहीं होगा तो कुरुवंश अर्जुन से ही रुक जाएगा और अश्वत्थामा का ब्रह्मास्त्र सही अर्थों में अर्जुन पर ही सफलतापूर्वक पड़ा, ऐसा माना जाएगा।'' कृष्ण उत्तरा के इस मृत गर्भ को जीवित करने के लिए कृत-निश्चय हैं और यहाँ कृष्ण अपने समग्र जीवन के समस्त कृत्यों को धर्म की तुला पर तौलकर मानो महाकाल को ललकारते हैं, ''हे महाकाल! यदि मैंने कभी असत्य वादन न किया हो, कभी युद्ध में शत्रु को पीठ न दिखाई हो, यदि मेरा चित्त सदैव धर्म और सत्य में ही रहा हो, यदि मामा कंस का भी वध मैंने धर्मानुसार ही किया हो तो यह मृत बालक जीवित हो जाए।'' और कृष्ण के इस भव्यातिभव्य कथन को स्वीकार करके काल ने उस मृत बालक को पुनः जीवित कर दिया।

इस प्रकार परीक्षित् का जन्म हुआ। उसके बाद लगभग छत्तीस वर्ष जितना समय सुभद्रा ने द्रौपदी के साथ रहकर हस्तिनापुर में वृद्धजनों—कुंती, गांधारी और धृतराष्ट्र की सेवा में बिताया है। छत्तीस वर्ष बाद प्रभासक्षेत्र में यादवों का नाश हुआ और पांडवों ने परीक्षित् का राज्याभिषेक करके सदेह स्वर्गारोहण के लिए हिमालय की ओर प्रयाण किया।

द्रौपदी ने तो उनका अनुसरण किया है, पर सुभद्रा हस्तिनापुर में ही रही है। महाराज युधिष्ठिर ने उसे यह काम सौंपते हुए कहा है कि "अब परीक्षित् हस्तिनापुर में राज्य करेगा और यादव वंश का एकमात्र उत्तराधिकारी वज्र इंद्रप्रस्थ का राज्य सँभालेगा। ऐसी स्थिति में हे सुभद्रा! इन दोनों बालकों की रक्षा के लिए तुम्हें यहीं रहना है। (हालाँकि युधिष्ठिर ने जिन्हें बालक बताया है वे दोनों पैंतीस से चालीस वर्ष के बीच की आयु के अवश्य रहे होंगे, यह निर्विवाद है।) सुभद्रा ने महाराज युधिष्ठिर की आज्ञा को शिरोधार्य किया। इसके बाद सुभद्रा के विषय में कोई उल्लेख नहीं मिलता। उसका अंत कब और कैसे हुआ, इस विषय में महाभारत मौन है।

महाभारत के द्रौपदी, कुंती, सत्यवती, गंगा आदि स्त्री पात्रों के जन्म एवं मृत्यु की कथा हमें महर्षि व्यास ही कहते हैं; परंतु जैसा कि इस प्रकरण के प्रारंभ में लिखा है, सुभद्रा के जन्म और मृत्यु दोनों का विवरण महाभारत में नहीं है। द्रौपदी, सत्यवती आदि विशाल वटवृक्ष जैसी हैं। सुभद्रा तो तुलसी के पौधे जैसी है। बीच-बीच में जलपात्र में से एकाध अंजलि जल डाल देने से ही उसके पर्ण सुरक्षित रहते हैं और यह पौधा कहाँ, कब उखड़ गया, इसका भी कोई ध्यान नहीं रहता। हाँ, वह जब तक रहती है तब तक विशुद्ध और स्वास्थ्यप्रद सुगंधित हवा फैलाती रहती है। हम इस सुगंध को अपनी साँसों में भर लें!

□

# उत्तरा

सत्यवती जिस तरह महाभारत की सबसे ज्येष्ठ माता है (यह सम्मान गंगा को देना हो तो उन्हें भी दिया जा सकता है), उसी तरह उत्तरा महाभारत की सबसे कनिष्ठ माता है। आज की भाषा में कहना हो तो कहा जा सकता है, सत्यवती 'सीनियर मोस्ट' है और उत्तरा 'जूनियर मोस्ट' है! उत्तरा के व्यक्तित्व के साथ ही महाभारतकार माताओं की इस परंपरा पर पटाक्षेप कर देता है।

राजा विराट और रानी सुदेष्णा की यह पुत्री किसी धूमकेतु की तरह बीच-बीच में, सही कहें तो महाभारत के उत्तरार्ध में, थोड़ी देर के लिए झलक दिखाती है और उसके बाद काल के गहन गर्त में अलोप हो जाती है। वह पहली बार हमारे समक्ष आती है, उस समय गुड़ियों के साथ खेलती बालिका जैसी दिखाई देती है; पर उसी समयावधि में उसके पिता उसे अर्जुन जैसे—उस समय तक वृद्धत्व प्राप्त कर चुके—पुरुष के लिए योग्य पत्नी के रूप में परिचित कराते हैं। तेरहवें वर्ष के अज्ञातवास के लिए पांडव जब विराट नगरी में आए उस समय अर्जुन ने नपुंसकत्व धारण कर लिया। अतीत में इंद्रलोक में अप्सरा उर्वशी ने उसे शाप दिया था। इस शाप को वरदान में परिवर्तित करके अर्जुन नपुंसकत्व धारण करके तेरहवाँ वर्ष 'बृहन्नला' नाम रखकर हिजड़े के रूप में बिताता है। अर्जुन पुरुषत्वहीन है, यह मानकर राजा विराट ने

अपनी पुत्री उत्तरा को नृत्य-संगीत की शिक्षा देने के लिए उसे रनवास में नियुक्त किया। पूरे एक वर्ष तक अर्जुन रनवास में उत्तरा और उसकी सखियों को नृत्य-संगीत सिखाता रहा है। वर्ष पूरा हुआ, उसी समय विराट नगरी पर कौरव सैन्य ने आक्रमण किया। उस समय राजकुमार उत्तर शत्रुओं का प्रतिकार करने के लिए जाते हैं; पर उनके रथ को सँभाल सके, ऐसा योग्य सारथि नहीं है। उस समय विराट के राजमहल में ही दासी सैरंध्री के रूप में रह रही द्रौपदी ने ही उत्तरा से कहा है कि तुम्हारा गुरु बृहन्नला अच्छा सारथि है और तुम उसे उत्तर का रथ हाँकने के लिए भेज दो।

उत्तरा बृहन्नला से अपने भाई का सारथि बनने के लिए कहती है तो अर्जुन पहले तो झूठ-मूठ की आनाकानी करता है, परंतु बाद में तत्काल मान जाता है। युद्ध में जाने के लिए उद्यत बृहन्नला से बालिका उत्तरा अपनी भोली-भाली भाषा में कहती है, "बृहन्नला! राजकुमार उत्तर जब भीष्म, द्रोण, कर्ण आदि को जीत लें तो आप उन सबके शरीर पर से रेशमी वस्त्र लेते आना। अपनी गुड़ियों को मैं उन वस्त्रों से सजाऊँगी।" उत्तरा की इस माँग में उसका शैशव ही प्रकट होता है। वह राजकुमारी है, पर युद्ध के विषय में उसे कोई भी समझ नहीं है। भीष्म, द्रोण या कर्ण जैसों के नाम और काम से वह सर्वथा अपरिचित है। उत्तर जैसे तरुण और अनगढ़ राजकुमार के हाथ से ये महारथी बात-बात में ही पराजित हो जाएँगे, ऐसा ही वह मानती है।

उसकी बात मानकर बृहन्नला युद्ध में गया। राजकुमार उत्तर को ही अपनी जगह सारथि बनाकर वह स्वयं युद्ध लड़ा और विजय भी हुई। विजय प्राप्त करके उसने अपनी शिष्या उत्तरा की माँग भी पूरी कर दी। युद्ध में मूर्च्छित कौरव वीरों के रेशमी वस्त्रों के टुकड़े उसने साथ में ले लिये थे।

कौरवों को पराजित करके बृहन्नला जब वापस लौटा तो शुरू में यह विजय स्वयं उसने नहीं, राजकुमार उत्तर ने ही प्राप्त की है, यही

कहा। पर इस बीच तेरहवाँ वर्ष पूरा हो गया था, इसलिए पांडवों ने गुप्तवेश त्याग दिया। राजा विराट को अर्जुन की असली पहचान हो गई। नपुंसक लगता बृहन्नला तो परम वीर अर्जुन है और उसी ने विराट नगरी को कौरवों के आक्रमण से बचाया था, यह जानकर आभारी राजा ने अपनी पुत्री राजकुमारी उत्तरा को अर्जुन पत्नी के रूप में स्वीकार करे, ऐसा प्रस्ताव रखा। उत्तरा की आयु उस समय किशोरावस्था जितनी ही रही होगी और अर्जुन तो खासा वयोवृद्ध हो गया था। अर्जुन ने यह प्रस्ताव अस्वीकार कर दिया। उत्तरा तो उसकी शिष्या थी। शिष्या तो पुत्रीवत् होती है, यह कहकर अर्जुन ने उत्तरा का विवाह अपने पुत्र अभिमन्यु के साथ करने का प्रस्ताव रखा। अभिमन्यु भी उस समय बच्चा तो नहीं रहा होगा, जैसाकि लोक गीतों में गाया जाता है या कथाकार अपनी कथाओं में कहते हैं; क्योंकि वर्षों पहले इंद्रप्रस्थ में राजसूय यज्ञ हुआ था, उसी समय वह तरुणावस्था प्राप्त कर चुका था, ऐसा स्पष्ट संकेत महाभारत में है। उत्तरा के साथ जब विवाह हुआ, उस समय अभिमन्यु की आयु तीस से कम और चालीस वर्ष से अधिक नहीं रही होगी और उत्तरा की आयु चौदह-पंद्रह वर्ष रही होगी, ऐसा लगता है।

इसके बहुत कम समय बाद ही युद्ध हुआ है। इस युद्ध में अभिमन्यु ने वीरगति प्राप्त की, उस समय उत्तरा जो विलाप करती है उसमें उसका वैवाहिक जीवन मात्र सात मास चला था, ऐसा वह उल्लेख करती है। उस समय वह गर्भवती भी है। इसका अर्थ यह हुआ कि उसके गर्भ में पाँच से छह मास का बालक रहा है। इस गर्भस्थ बालक का युद्ध के अठारहवें दिन की रात में अश्वत्थामा ने ब्रह्मास्त्र द्वारा संहार किया। इस दारुण घटना के बाद उत्तरा ने कई दिन तक अन्न-जल ग्रहण नहीं किया। परंतु कुंती ने उसे समझाया कि गर्भस्थ शिशु मृत अवस्था में जन्म लेगा तो भी स्वयं कृष्ण ने उसे जीवन-दान दिया है, इसलिए उसके निर्वाह के लिए भी उत्तरा का शोक त्यागकर अन्न-जल स्वीकार

करना चाहिए।

नौवें महीने उत्तरा ने मृत बालक को जन्म दिया और कृष्ण ने उसे पुनः जीवित कर दिया, यह बात पहले बताई जा चुकी है। उत्तरा जिस समय बालक को जन्म दे रही थी उस समय महर्षि व्यास ने बहुत ही अर्थपूर्ण शब्दों का प्रयोग किया है। इस प्रसूति कक्ष में सेवा के लिए वृद्ध और रमणीय वृद्धाएँ उपस्थित थीं। प्रसूति जैसे प्रसंग में जो स्त्रियाँ सहायार्थ उपस्थित हों वे अनुभवी अर्थात् वृद्ध होनी चाहिए और उसके साथ ही वे दर्शनीय अर्थात् उन्हें देखना आँखों को अच्छा लगे—भी होना चाहिए। कोई भी रोगी, और यदि वह प्रसूता हो, तो उसके लिए ये दोनों बातें कितनी सार्थक हैं, यह सहज बुद्धि की बात है! कृष्ण जिस समय उत्तरा के खंड में प्रविष्ट हुए उस समय उत्तरा अस्त-व्यस्त वस्त्रों में लेटी थी। कृष्ण को देखते ही उठकर उसने उन्हें वंदन किया और उसके बाद वह अपने गर्भ की मृतावस्था के लिए विलाप करती है। यहाँ एक बात का रहस्य प्रकट करते हुए उत्तरा कहती है, ''श्रीकृष्ण! युद्ध के आरंभकाल में ही मैंने अभिमन्यु को वचन दिया था कि यदि युद्ध में वे वीरगति प्राप्त करेंगे तो मैं उनके साथ ही प्राण-त्याग करूँगी। कुरुवंश की रक्षा के लिए मैंने अपने इस वचन का पालन नहीं किया। अब जब मैं स्वर्ग में जाऊँगी तो अपने पति को क्या उत्तर दूँगी?''

इसके बाद महाभारत में उत्तरा की बस एक बार हलकी सी झलक दिखाई देती है। इसके पंद्रह वर्ष बाद जब धृतराष्ट्र, गांधारी और कुंती हस्तिनापुर छोड़कर वानप्रस्थ स्वीकार करते हैं तो उन्हें पहुँचाने के लिए आए परिजनों में अन्य स्त्रियों के साथ उत्तरा भी शिशु परीक्षित् को लेकर खड़ी है और इन वृद्ध कुरुजनों को अश्रुपूरित आँखों से विदा करती है। इसके बाद उसके विषय में कोई भी सूचनात्मक विधान महाभारत में नहीं मिलता। पुत्र परीक्षित् के राज्यारोहण के अवसर पर सुभद्रा की उपस्थिति तो है, पर उत्तरा का कोई उल्लेख भी वहाँ नहीं है।

स्वर्गारोहण के समय पांडव जिन लोगों से विदा लेते हैं, उनमें भी उत्तरा कहीं दिखाई नहीं देती। उत्तरा जैसे कुरुवंश की निरंतरता का एकमात्र धर्म निभाने के लिए ही यहाँ आई थी और यह धर्म जैसे ही पूरा हुआ कि वह तत्काल अदृश्य हो जाती है।

□

# हिडिंबा, उलूपी और चित्रांगदा

माता सत्यवती से आरंभ हुई महाभारत की माताओं की यह गौरव यात्रा उत्तरा के पास आकर थम जाती है। सत्यवती से उत्तरा तक की ये तमाम माताएँ आर्यवंश की स्त्रियाँ हैं। महाभारत में अन्य तीन माताएँ ऐसी हैं, जो आर्येतर जाति की स्त्रियाँ हैं; पर इसके बावजूद वे कुरुवंश के साथ रक्त के संबंध से जुड़ी हुई हैं। इन तीनों माताओं की भी क्षण भर रुककर वंदना न कर लें तो यह गौरव यात्रा अपूर्ण ही रहेगी। ये तीनों स्त्रियाँ हैं—हिडिंबा, उलूपी और चित्रांगदा। इन तीनों स्त्रियों का महाभारत में गौण स्थान है। परंतु इनके पुत्रों ने कुरुक्षेत्र की युद्धभूमि में अथवा उसके बाद भी जो निश्चित योगदान किया है वह हस्तिनापुर के सिंहासन पर निश्चित प्रभाव डालनेवाला है। इस बात पर विशेष ध्यान नहीं दिया गया, यह सच है; पर यह ध्यान देने योग्य बात है, इसमें संदेह नहीं। तिस पर उलूपी और चित्रांगदा तो कुरुवंश के अंतिम काल तक, पांडवों के स्वर्गारोहण के समय तक, दिखाई देती हैं। पर हिडिंबा आदिपर्व में जिस तरह दिखाई देती है उसी तरह शीघ्रता से अदृश्य भी हो जाती है और फिर कहीं भी दिखाई नहीं देती। आइए, इन तीनों पात्रों के विषय में थोड़ी चर्चा करके यहाँ इस गौरव यात्रा की हम पूर्णाहुति करें।

## हिडिंबा

एक तरह से देखें तो पांडव वंश की पटरानी द्रौपदी को नहीं

बल्कि हिडिंबा को मानना चाहिए। पटरानी या युवराज्ञी उसे कहते हैं जो राज-सिंहासन के उत्तराधिकारी युवराज के साथ परिणीत हो। पांडवों में अभिषिक्त राजकुमार (युवराज) युधिष्ठिर हैं और द्रौपदी उनकी पत्नी है। इस प्रकार द्रौपदी को पटरानी कहा जा सकता है। परंतु द्रौपदी युधिष्ठिर द्वारा अपने स्वत्व और पराक्रम से प्राप्त की हुई पत्नी नहीं है। वह तो अर्जुन द्वारा प्राप्त की हुई स्त्री थी, इसलिए जितनी वह युधिष्ठिर की पत्नी कही जाएगी उतनी ही नकुल और सहदेव की भी कही जाएगी। महाराज युधिष्ठिर की वास्तविक पत्नी तो राजा शल्य की पुत्री देविका थी, जिसे युधिष्ठिर ने स्वयंवर से द्रौपदी के साथ विवाह करने के बाद प्राप्त किया था। हिडिंबा पांडव भाइयों के घर में प्रवेश करनेवाली सबसे पहली वधू है। द्रौपदी का आगमन उसके बाद हुआ है। इस प्रकार हिडिंबा का स्थान पांडव कुल में ज्येष्ठ माता का होना चाहिए। परंतु यह स्थान उसे मिला नहीं। पांडव वंश का पहला पुत्र भी हिडिंबा ने ही दिया है। द्रौपदी के पुत्र बहुत बाद में आए हैं।

लाक्षागृह की अग्नि ज्वालाओं में से सुरक्षित निकलकर अरण्यवास कर रहे पांडवों ने एक बार एक अज्ञात और डरावनी वनराई के बीच रैन बसेरा किया था। स्थान अनजान और भयावह था, इसलिए चार भाई एवं माता कुंती एक विशाल वृक्ष के नीचे भूमि पर निद्राधीन हुए और भीम उनकी रक्षा के लिए जागते रहे। उस समय समीप के अन्य एक वृक्ष पर निवास करते हिडिंब नामक राक्षस को मानव मांस की गंध आई और उस गंध के कारण उसे मांस खाने की इच्छा हुई। वह मानवभक्षी था और इस अरण्य में अपनी बहन हिडिंबा के साथ निवास करता था। उसने अपनी बहन हिडिंबा से उस मांस की गंध का मूल यदि कोई मनुष्य हो तो उसे पकड़कर ले आने का काम सौंपा। हिडिंबा महाभयानक, अति शक्तिशाली और विकराल राक्षसी थी; पर जब उसने दूर से भीमसेन को जागता देखा तो वह तत्काल मोहवश हो गई। उन निद्राधीन मनुष्यों को मारने की तो बात दूर रही, भीमसेन की पौरुष से छलकती देह के कारण

वह इतनी अधिक काम-पीड़ित हो गई कि उन्हें पति के रूप में पाने के लिए उसने तत्काल मनुष्य का रूप धारण कर लिया। वह सुंदर युवती बनकर भीम के पास आई और अपना परिचय दिया। स्त्री-सहज लज्जा को त्यागकर वह भीम से काम-तृप्ति की माँग भी करती है। स्वर्गलोक की गंगा ने भी राजा प्रतीप से काम-तृप्ति की ऐसी ही माँग की थी। हिडिंबा राक्षसकुल की है और वह भी भीम से ऐसी माँग करती है। ये जन्म से आर्येतर नारियाँ हैं। आर्यकुल की किसी भी स्त्री ने इस तरह किसी पुरुष से ऐसी माँग की हो, ऐसी कोई घटना महाभारत में नहीं है और यह आर्य व आर्येतर संस्कृति एवं संस्कार के बीच के सहज व स्पष्ट रूप से दिखाई देनेवाले अंतर की ही द्योतक है। परंतु भीम स्वस्थ हैं। हिडिंबा की माँग को वे स्वीकार नहीं करते हैं। वे रंच मात्र भी विचलित नहीं होते। उलटे उन्होंने हिडिंबा से कहा कि उसका भाई हिडिंब यदि वहाँ आएगा तो उसका नाश कर डालेगा। इस बीच बहन को आने में विलंब होते देख हिडिंब स्वयं वहाँ आ पहुँचा और बहन को कामवश होकर मानवी रूप धारण कर भीम से प्रार्थना करते देख वह आगबबूला हो गया। भीम और हिडिंब के बीच द्वंद्व-युद्ध हुआ। इस बीच दूसरे पांडव भी जाग गए। कुंती सुंदर रूपधारी हिडिंबा को देखकर उससे पूछताछ करने लगी। हिडिंबा उस क्षण भी भीमसेन को देखकर अपने काम-पीड़ित होने की बात स्वीकार करती है और कुंती से इस संबंध में प्रार्थना भी करती है। इस बीच भीम ने हिडिंब को मार डाला।

अब भीम हिडिंबा को चले जाने के लिए कहते हैं। उनका तर्क स्पष्ट है। हिडिंबा राक्षसी है, तिस पर पराजित हिडिंब की बहन है। हो सकता है कि वह प्रतिशोध लेने के लिए कोई विकल्प आजमाए। उस समय हिडिंबा वापस जाने से इनकार करती है और पांडवों के साथ ही जाएगी, ऐसा आग्रह करती है। धर्म के सूक्ष्म तत्त्व की बात करते हुए वह कहती है कि काम-पीड़ित स्त्री को स्वीकार करके उसे तृप्त करना पुरुष का धर्म है। महाभारत में धर्म का आसरा लगभग सभी पात्र लगभग सभी

घटनाओं में लेते हैं, यह ध्यान देने लायक बात है। इसके बाद कुंती और युधिष्ठिर के समक्ष हिडिंबा प्रस्ताव रखती है, ''मैं हर रोज भीम को शाम होने पर, आप लोग जहाँ होंगे वहाँ, छोड़ जाऊँगी।'' युधिष्ठिर भी उससे सहमत हो जाते हैं। अरण्यवास में रक्षण के लिए भीम की उपस्थिति आवश्यक थी, इसलिए हिडिंबा अपनी मायावी शक्ति के कारण पांडव जहाँ भी रैन बसेरा करें वहाँ भीम को वापस छोड़ जाती है और दिन के समय संसार भोगती है।

भीम और हिडिंबा का यह दांपत्य खासा लंबा चला होगा, ऐसा लगता है; क्योंकि उसके बाद हिडिंबा माता बनती है और वह भीम के पुत्र को जन्म देती है। यह पुत्र घटोत्कच था। 'घटोत्कच' शब्द में दो अलग-अलग शब्द समाविष्ट हैं—'घट' और 'उत्कच', अर्थात् घड़े जैसे जिसके सिर पर बाल हों। बालक के सिर पर बहुत बाल थे, इसलिए उसका नाम घटोत्कच रखा गया। यह बालक भी मायावी है। वह शिशु अवस्था में नहीं जनमा था। जन्म के समय ही वह पूर्ण यौवनावस्था में था। उसके जन्म के बाद माता हिडिंबा उसे शस्त्रास्त्रों और माया-विद्या की शिक्षा देती है। अर्थात् उसका विद्याभ्यास किसी गुरु के पास अथवा पिता के पास नहीं हुआ। स्वयं हिडिंबा ही उसकी गुरु बनी है। विद्या संपादन करने के बाद पुत्र घटोत्कच ने माता-पिता से विदा ली। उस समय उसने पिता भीम से कहा, ''जब मुझे कोई कार्य करना होगा तब मैं आपके समक्ष उपस्थित होऊँगा।'' यह कहकर वह चल दिया। पुत्र को विदा करने के बाद हिडिंबा भी, ''आपके साथ रहने का मेरा समय अब समाप्त हो गया है।'' यह कहकर अकेली ही वन में चली गई और इस तरह भीम का यह घर-संसार यहीं पूरा हो गया। हिडिंबा इस तरह अचानक भीम के साथ के अपने संबंध की पूर्णाहुति क्यों करती है, यह स्पष्ट नहीं होता। संभवतः पुत्र-प्राप्ति के साथ ही उसकी काम-वासना तृप्त हो गई हो। उसने भीम के साथ और संबंध स्थापित किया था, उसमें कारणभूत तत्त्व तो आखिर काम ही था। यह निरा अनुमान है, कोई

संकेत नहीं मिलता।

वर्षों बाद यह घटोत्कच महाभारत के युद्ध में पांडवों के पक्ष में रहकर कौरवों से युद्ध करता है। इस बीच उसका विवाह होता है और वह दो पुत्रों का पिता भी बनता है। वह ऐसा प्रचंड और भयानक योद्धा था कि द्रोणाचार्य ने जब रात्रि-युद्ध का आरंभ किया तो कृष्ण ने मात्र घटोत्कच को इस रात्रि-युद्ध का प्रतिकार करने के लिए कहा था। घटोत्कच मायावी युद्ध लड़ना जानता था और रात्रि-युद्ध में माया-युद्ध उपयोगी होता है। कौरव पक्ष में कर्ण के पास इंद्र के वरदान के रूप में प्राप्त एक अमोघ आयुध था। यह आयुध कर्ण उपयोग में लाए, उस समय जिस शत्रु के विरुद्ध वह प्रयुक्त हुआ हो उसका अवश्य वध होगा, ऐसी उसकी शक्ति थी। रात्रि-युद्ध में घटोत्कच ने कर्ण के विरुद्ध ऐसा प्रचंड युद्ध किया कि कर्ण भयभीत हो गया। कर्ण को लगा कि घटोत्कच यदि इसी तरह लड़ता रहा तो कौरव सेना का निश्चित ही नाश हो जाएगा। स्वयं को और कौरव पक्ष को बचा लेने के लिए कर्ण ने इस आयुध का प्रयोग घटोत्कच पर किया। यह आयुध वास्तव में अर्जुन के विरुद्ध प्रयोग करने के लिए ही कर्ण ने प्राप्त किया था; पर कृष्ण की कूटनीति के चलते यह अस्त्र घटोत्कच के विरुद्ध प्रयुक्त हुआ और भावी युद्ध में अर्जुन का मार्ग निष्कंटक हो गया। घटोत्कच की मृत्यु हुई और उसकी मृत्यु ने ही पांडव सैन्य की विजय के दरवाजे खोल दिए। यदि कर्ण ने इस आयुध का प्रयोग न किया होता तो उसका प्रयोग अर्जुन के विरुद्ध हुआ होता और यदि अर्जुन का वध करके कर्ण विजयी हो जाता तो दुर्योधन ही हस्तिनापुर के सिंहासन पर पुनः स्थापित हो जाता, यह निर्विवाद है। इस प्रकार घटोत्कच ने जो आत्मबलिदान किया वही पांडवों की विजय की आधार-शिला है। इतना ही नहीं, कर्ण ने जब उस अमोघ आयुध का घटोत्कच के विरुद्ध प्रयोग किया, उस समय घटोत्कच तत्काल समझ गया कि उसकी मृत्यु निश्चित है। उस क्षण वह बहुत ही शीघ्र निर्णय लेकर अपनी मायावी विद्या द्वारा अपने शरीर को पहाड़ जैसा

बड़ा बना लेता है। जैसे ही उस आयुध ने उसके शरीर को भेदा, वह निष्प्राण होकर कौरव सेना पर जा गिरा। अपने शरीर के विस्तार के कारण वह जहाँ गिरा वहाँ सैकड़ों कौरव सैनिक उसके भार के नीचे कुचलकर मर गए थे। इस प्रकार मरते-मरते भी घटोत्कच ने वर्षों पूर्व पिता को दिए अपने इस वचन को कि जब मेरी आवश्यकता होगी, मैं उपस्थित हो जाऊँगा, पूरा किया है।

## उलूपी

सुभद्रा के विषय में बात करते समय हमने देखा है कि अर्जुन ने द्रौपदी के साथ पाँचों भाइयों के विवाह के समय की शर्त पूरी करने में कोताही की थी, इसलिए वह इंद्रप्रस्थ का राज्य छोड़कर बारह वर्ष के लिए वनवासी बना था। इस वनवास के साथ ब्रह्मचर्य का पालन भी अभिप्रेत था। वनवास के दौरान एक बार वह गंगातट पर—महाभारत में इस स्थल के लिए 'गंगाद्वार' शब्द का प्रयोग किया गया है, इसलिए यह स्थल हरिद्वार या उसके उत्तर में उत्तरकाशी अथवा गोमुख की तरफ हो, यह संभव है—स्नान कर रहा था। उस समय गंगा के तल पर स्थित पाताल नगरी में निवास करते नागराज कौरव्य की पुत्री उलूपी ने उसे देखा। जिस तरह भीम को देखते ही हिडिंबा कामवश हो गई थी उसी तरह यहाँ स्नान कर रहे अर्जुन को देखकर नागकन्या उलूपी भी कामवश हो गई। (महाभारत में व्यास के जन्म से लेकर ऐसे असंख्य संबंधों की बात है, जिसमें देखते ही पुरुष या स्त्री में प्रचंड काम प्रकट होता है और इस कामवश अवस्था के कारण ही निर्णायक घटनाएँ घटित होती हैं।) अर्जुन गंगा के प्रवाह में खड़ा था। वहाँ से उलूपी उसे बलपूर्वक पानी में खींचकर पाताललोक में ले गई। यहाँ आने के बाद अपना परिचय देकर उलूपी भी उस हिडिंबा की तरह ही "मैं आप पर मोहित हो गई हूँ। मैं कामवश हूँ। मुझे स्वीकार करें।" आदि कहती है। (याद रहे, उलूपी भी आर्यनारी नहीं, नागकन्या है।) अर्जुन तो प्रकृति से ही कामी पुरुष है,

इसलिए उलूपी के यौवन और सौंदर्य से आकर्षित तो है ही; पर महर्षि नारद के समक्ष इस अरण्यवास की शर्त स्वीकारी थी, उसमें ब्रह्मचर्य भी अभिप्रेत था। इसलिए वह उलूपी को अपने धर्म-संकट की बात बताता है। यहाँ भी वे दोनों धर्म के नाम पर ही मार्ग ढूँढ़ निकालते हैं। उलूपी कहती है, ''मुझ कामवश और विह्वल स्त्री को बचाना आपका धर्म ही है। फिर आपने ब्रह्मचर्य की जो प्रतिज्ञा ली थी वह तो द्रौपदी के साथ आपके वैवाहिक जीवन को लक्ष्य में लेकर ली गई है, इसलिए ब्रह्मचर्य तो आपको मात्र द्रौपदी तक ही मर्यादित रखना आपका धर्म है। मैं तो आपकी शरण में आई हूँ और आप मुझ शरणागत की रक्षा नहीं करेंगे तो यह आपका धर्म-विरुद्ध आचरण माना जाएगा।'' उलूपी का तर्क अर्जुन के लिए 'जो रोगी को भावे, वही वैद्य बतावे' वाली बात थी। शीरे की भाँति यह बात, यह धर्माचरण अर्जुन के गले के नीचे उतर गया। वह वहाँ रुक गया। यहाँ भी हिडिंबा और भीम की भाँति तत्काल ही संबंध का आरंभ हुआ। हिडिंबा या उलूपी दोनों के मामले में भीम या अर्जुन ने तत्काल विवाह किया हो, ऐसी कोई भी बात आती नहीं। भीम ने तो खासा लंबा समय हिडिंबा के साथ बिताया है, परंतु अर्जुन ने उलूपी के साथ एक ही दिन बिताया है। दूसरे दिन ही वह वहाँ से वापस निकल जाता है। इस एक दिन के वैवाहिक जीवन के परिणामस्वरूप उलूपी इरावान् नाम के एक पुत्र की माता बनी थी। इस एक दिन के अतिरिक्त उसके बाद उसने जीवन में कभी किसी के साथ व्यवहार किया हो, ऐसी कोई बात महाभारत में कहीं नहीं है। हिडिंबा की तरह इसके बाद उसका कहीं उल्लेख न मिलता हो, ऐसा भी नहीं है। पुत्र इरावान् महाभारत के युद्ध में घटोत्कच की तरह पांडव पक्ष की ओर से लड़ा है और युद्ध में वीरगति प्राप्त की है।

युद्ध समाप्त हुआ और पांडव हस्तिनापुर के सिंहासनारूढ़ हुए, उसके बाद उलूपी हस्तिनापुर में आकर बसी हो, ऐसा उल्लेख आश्रमवासिकपर्व में है। माता गांधारी की सेवा करने में जो पांडव स्त्रियाँ

तत्पर हैं, उनमें कुंती, द्रौपदी और सुभद्रा के अतिरिक्त उलूपी का भी नाम है। उलूपी का हस्तिनापुर प्रवेश एक रोमांचक गाथा है—

उलूपी मात्र अर्जुन की पत्नी ही नहीं, उसकी जीवनदात्री भी बनी है। हस्तिनापुर का राज्य प्राप्त करने के बाद पांडवों ने अश्वमेध यज्ञ किया था। अश्वमेध के अश्व को लेकर अर्जुन जब विजय अभियान पर निकला, उस समय मणिपुर प्रदेश में बभ्रुवाहन राज्य करता था। यह बभ्रुवाहन अर्जुन का उसकी दूसरी पत्नी चित्रांगदा से वर्षों पूर्व उत्पन्न हुआ पुत्र था। बभ्रुवाहन ने जब जाना कि पिता अर्जुन अश्वमेध के अश्व के साथ आए हैं तो प्रसन्नचित्त से और विनम्रतापूर्वक भेंट लेकर पिता के समक्ष नतमस्तक होकर उपस्थित हुआ। अर्जुन के वीरत्व को यह नहीं भाया। मेरा पुत्र होकर यह बभ्रुवाहन इस प्रकार अश्वमेध के समक्ष शरणागति स्वीकार करे, यह क्षत्रिय धर्म के विरुद्ध कहा जाएगा, ऐसा उसे लगा। इसलिए उसने पुत्र बभ्रुवाहन को धिक्कारते हुए कहा, ''पुत्र! तूने तो अपने प्राण को प्रिय मानकर क्षत्रिय धर्म का उल्लंघन किया है। अश्वमेध का अश्व राजा के लिए युद्ध का आह्वान है। तूने तो लड़े बिना ही शरणागति स्वीकार कर ली। इस तरह प्राण को प्रिय माना, यह निंद्य है।'' इस बरताव से कुपित होकर बभ्रुवाहन ने अश्वमेध के अश्व को रोका और इस तरह अर्जुन के विरुद्ध युद्ध की चुनौती को स्वीकार किया। पिता-पुत्र के बीच भीषण युद्ध हुआ और बभ्रुवाहन के तीक्ष्ण विषैले बाणों से बिंधकर अर्जुन धराशायी हो गया। अर्जुन मृत्युवश हो गया है, यह जानकर बभ्रुवाहन की माता चित्रांगदा विलाप करने लगी। युद्ध के समय वहाँ आई उलूपी ने चित्रांगदा को सांत्वना दी। इस बीच स्वयं को पितृहंता मानकर बभ्रुवाहन अत्यंत व्यथित हो गया और इस पातक से मुक्त होने के लिए अन्न-जल त्यागकर स्वयं भी मृत्यु स्वीकार करने की घोषणा की। उस समय उलूपी ने बभ्रुवाहन से कहा, ''हे पुत्र! तेरे पिता की यह मृत्यु उनकी शाप-मुक्ति के लिए उनके द्वारा प्राप्त किया हुआ वरदान है। पितामह भीष्म अब अर्जुन के बाणों से

बिंधकर भूमि पर गिरे तो भीष्म के पूर्वजन्म के साथी सभी वसु अत्यंत क्रोधित हुए थे। शर-शय्या पर भीष्म जहाँ मृत्यु की प्रतीक्षा कर रहे थे वहाँ एकत्र होकर वसुओं ने कहा था कि भीष्म का वध अर्जुन के हाथ से की गई पितृ-हत्या है। इतना ही नहीं, शस्त्र-त्याग किए पिता का वध करके पुत्र ने घोर पातक किया है और इसके लिए उसे शापित करना चाहिए। जब यह घटना हुई, उस समय संयोगवश उलूपी वहाँ उपस्थित थी। उसने वसुओं से अनुनय-विनय किया, प्रार्थना की और अर्जुन को बचाने के लिए हाथ जोड़े तो वसुओं ने कहा कि जिस प्रकार अर्जुन ने पितृ-हत्या की है उसी प्रकार यदि अर्जुन को भी पुत्र के हाथ से मृत्यु का अनुभव हो, तभी उसे मुक्ति मिलेगी। वसुओं द्वारा कृपापूर्वक शाप-मुक्ति के लिए ही आयोजित किया हुआ यह युद्ध था। अब अर्जुन को पुत्र के हाथों मृत्यु का साक्षात्कार हो चुका है, इसलिए नागलोक में जो संजीवनी मणि उलूपी के पास थी, उसकी सहायता से उसने मृत अर्जुन को पुनर्जीवन दिया।

पुनर्जीवन की घटना महाभारत में इसके पहले भी आती है। उत्तरा के गर्भ का पुनर्जीवन तथा अरण्यवास के समय यक्ष के कोप का भोग बनकर मृत्यु को प्राप्त हुए अर्जुन, भीम, नकुल और सहदेव का पुनर्जीवन ऐसी ही घटनाएँ हैं। पुनर्जीवन की यह बात—मृत्यु को प्राप्त होने के बाद पुनः जीवित होने की बात—को बौद्धिक रूप से समझाना कठिन है। इसे सांकेतिक अर्थ में लेना चाहिए। अर्जुन ने चाहे जैसी वीरता दिखाई हो, तथापि भीष्म की हत्या पितृ-हत्या थी और इस पातक से वह मुक्त नहीं हो सकता। सौ सत्कृत्य भी एक दुष्कृत्य को धो नहीं सकते और दुष्कृत्य दुष्कृत्य ही रहता है तथा उसके लिए दंड भोगना ही पड़ता है, ऐसी ध्वनि इस संदेश से पढ़ी जा सकती है।

बभ्रुवाहन की विजय के बाद अश्वमेध यज्ञ के समय उलूपी हस्तिनापुर आई और कुंती व द्रौपदी सहित सभी ने उसका उत्साहपूर्वक सत्कार किया। महाभारत युद्ध में लड़कर वीरगति को प्राप्त उसके पुत्र

को दूसरा कोई उल्लेख कहीं मिलता नहीं। उसके बाद का समय उलूपी ने हस्तिनापुर में ही बिताया था। पांडव जब द्रौपदी के साथ स्वर्गारोहण के लिए हस्तिनापुर का त्याग करते हैं उस समय उन्हें विदा करने के बाद अन्य कुरुजन नगर में वापस लौटते हैं और उलूपी गंगा के प्रवाह में प्रवेश कर आत्मसमर्पण करती है। इस आत्मसमर्पण का अर्थ मृत्यु का वरण ही रहा हो, यह आवश्यक नहीं; क्योंकि जब उसने प्रथम बार कथा में प्रवेश किया है उस समय भी वह गंगा के प्रवाह में से प्रकट हुई है। गंगा के तल में कहीं पाताललोक में उसके पिता रहते हैं, इसलिए यह गंगा-प्रवेश पितृगृह में पुनः प्रयाण था, ऐसा भी अर्थघटन हो सकता है।

## चित्रांगदा

चित्रांगदा राजा चित्रवाहन की पुत्री है। यह चित्रवाहन—जैसा कि महाभारत में उल्लेख है—समुद्र-तट पर स्थित मणलूर नामक नगर का राजा है। कई लोग मणलूर का अर्थ मणिपुर भी लगाते हैं। आज का मणिपुर समुद्र-तट पर नहीं है, किंतु अर्जुन के प्रवास का मार्ग कलिंग, गया, गंगा आदि स्थलों से होकर जाता है। उलूपी नागकन्या है, यह देखते हुए वह प्रदेश आज का नगालैंड रहा हो और वहाँ से निकलकर अर्जुन आज के मणिपुर में आया हो, यह संभव है। पर यह तो एक तर्क मात्र है।

मणलूर नगर में इधर-उधर घूम रहे अर्जुन की नजर में राजा चित्रवाहन की यह युवा और सुंदर पुत्री चित्रांगदा पड़ी। जैसा पहले बार-बार हुआ है, यहाँ भी चित्रांगदा को देखते ही अर्जुन मोहित हो गया। उलूपी के किस्से में प्रथम उलूपी कामवश हुई थी। यहाँ चित्रांगदा के मामले में पहले अर्जुन कामवश होता है। चित्रांगदा के साथ विवाह करने की लालसा से अर्जुन राजा चित्रवाहन के पास जाकर उसका हाथ माँगता है। राजा इसके लिए अर्जुन के सामने एक शर्त रखता है—मणलूर नगर के राजाओं की कुल परंपरा के अनुसार प्रत्येक राजा को एक ही

संतान थी। राजा चित्रवाहन को इस एक संतान के रूप में मात्र पुत्री ही थी और इसीलिए उसने पुत्री को पुत्रवत् माना है, यह कहकर राजा कहता है, ''हे अर्जुन! चित्रांगदा को जो संतान होगी वही मेरी वंशवृद्धि का आधार है, इसलिए उस संतान से मेरा वंश चलता रहे, इसके लिए उसे यहीं छोड़ देना पड़ेगा, यह शर्त मंजूर हो, तभी यह विवाह हो सकता है।'' अर्जुन ने यह शर्त स्वीकार की और फिर चित्रांगदा के साथ विवाह करके पूरे तीन वर्ष तक दांपत्य जीवन का सुख भोगा। फलस्वरूप चित्रांगदा से उसे बभ्रुवाहन नामक पुत्र हुआ। मातामह चित्रवाहन की मृत्यु के बाद बभ्रुवाहन मणलूर का राजा हुआ और ऊपर जिस घटना का उल्लेख किया गया है उस अश्वमेध यज्ञ के समय उसने अर्जुन के साथ युद्ध करके रणभूमि में पिता को परास्त किया था। उसके बाद पुनर्जीवित पिता के साथ रहकर उसने यज्ञ के अश्व की रक्षा करने के लिए भ्रमण किया था। उसके बाद अश्वमेध यज्ञ में वह माता चित्रांगदा और उलूपी के साथ हस्तिनापुर आया था।

इसके बाद यज्ञ के अंत में बभ्रुवाहन वापस मणलूर चला गया होगा, ऐसा मान लेना पड़ेगा; क्योंकि उसकी कोई स्पष्टता मिलती नहीं। पर माता चित्रांगदा तो हस्तिनापुर में ही रही है। माता गांधारी की सेवा में जो पांडव-स्त्रियाँ रत हैं उनमें चित्रांगदा का उल्लेख है। उसके बाद धृतराष्ट्र के वानप्रस्थ के समय जो स्त्रियाँ उन्हें विदा करती हैं उनमें चित्रांगदा उपस्थित रही है और पांडवों के स्वर्गारोहण के अवसर पर उलूपी ने गंगा-प्रवेश किया, उस समय चित्रांगदा वापस मणलूर चली गई, ऐसी स्पष्टता हुई है। (इस स्पष्टता के समय महाप्रस्थानिक पर्व १/२६ के अंत में मणलूर के स्थान पर 'मणिपुर' शब्द भी प्रयुक्त हुआ है, इस पर ध्यान देना रसप्रद है।) इस प्रकार अर्जुन की तीनों पत्नियाँ पति के स्वर्गारोहण के बाद अलग-अलग दिशाओं में विलीन हो जाती हैं।

महाभारत की कथा की माताओं की वंदना यहाँ समाप्त होती है। सत्यवती से आरंभ होती यह यात्रा वैसे तो उत्तरा के पास ही पूर्णविराम

प्राप्त करती है, किंतु यदि इन तीन आर्येतर माताओं की वंदना न करें तो यह अविनय कहा जाएगा। इस कथा-यात्रा में मुख्य प्रवाह से जुड़ी माताओं की ही वंदना की गई है और अनेक उपकथाओं में जिन पात्रों का उल्लेख है उनका समावेश नहीं किया है। उन सबकी भी वंदना करके इस यात्रा की यहीं इतिश्री करते हैं।

□□□